生命之歌

郑可夫 著

中国出版集团有限公司
研究出版社

图书在版编目（CIP）数据

生命之歌/郑可夫著. -- 北京：研究出版社，
2023.3
ISBN 978-7-5199-1456-1

Ⅰ.①生…Ⅱ.①郑…Ⅲ.①短篇小说-小说集-中国-当代 Ⅳ.①I247.7

中国国家版本馆 CIP 数据核字 (2023) 第 045545 号

出 品 人：赵卜慧
出版统筹：丁　波
责任编辑：安玉霞

生命之歌
SHENG MING ZHI GE

郑可夫　著

研究出版社 出版发行
（100006　北京市东城区灯市口大街 100 号华腾商务楼）
四川福润印务有限责任公司　新华书店经销
2023 年 3 月第 1 版　2023 年 3 月第 1 次印刷
开本：880 毫米×1230 毫米　1/32　印张：5.5
字数：120 千字
ISBN 978-7-5199-1456-1　定价：45.00 元
电话（010）64217619 64217612（发行部）

文学的期待

郑可夫不到两岁，父亲便因病离世了。母亲是偏僻山村的村校教师。一根棉线做灯芯，然后在菜油里耗，这是母亲批改作业、备课的烛照。生活很是艰辛。这便是郑可夫儿时生活的大致轮廓。在生活的泥淖里蹒跚挣扎的人们，结果大约有二，一是沉沦，一是向前向上。从郑可夫大半生的轨迹看，他是努力地向前向上。他向往美好未来，并孜孜以求之。这从郑可夫对文学追求的矢志不渝来看，是给人鼓舞的。郑可夫曾在粮管所做过一份临时工，夏粮征收，过磅、做统计员。在那样短暂的人生履历中，年轻的郑可夫偶遇其人生中的贵人。这位粮管所的干部，朱姓，其特点是慈祥、健谈，也喜欢读书，阅历丰富，并且在懵懂的郑可夫面前，将文学的魅力与人生的深刻描绘成一条可以探索的路。后来，老朱将自己收藏的名著都送给他的忘年交了。郑可夫说从此他开始在普希金、莱蒙托夫、拜伦、屠格涅夫、契诃夫、莫泊桑、雨果、巴尔扎克、高尔基的文学殿堂中游走徘徊。

文学，郑可夫心中的一盏明灯。

郑可夫的人生履历不复杂，闲林埠钼铁矿、北山社区、余杭法庭，这是他养家糊口的饭碗，也是他的事业，但真正能伴其一生的可能就是文学了。文学就是他的精神家园，就是他心灵获得安慰之地、精神得以寄托之所。早些时候收到了郑可夫亲自送来的他刚出版的散文集《云暮拾遗》，最近又读到了他待出版的一部短篇小说集书稿，题为《生命之歌》。从他1989年的发轫之作《掌声》，至今的《生命之歌》的集子，逾30年的操练，15篇短篇，从时间跨度而言，数量不算多，但从小说本身而言，我们能从中读到的就是诚挚二字。矿业工作，社区工作，尤其是法庭调解工作，让郑可夫看到了社会生活百态，以及芸芸众生。这是他所面对的现实，这现实有光明、有阴暗、有理想、有空想、有善良、有邪恶……这是一部关于社会现实的郑可夫式的叙事，我最愉快的阅读感受是，郑可夫少有"正能量"的道德裁判，这在《婚姻，不能没有爱情》中已有了答案。张大仔数十年的婚姻煎熬，又通过法院判决的五年等待，枷锁终被粉碎。当概念成为观念，观念又成为道德制高点的时候，可怕的东西可能就会泛滥成灾。可幸的是郑可夫没有这些恶习。读郑可夫的短篇小说，让我们看到了时代的变迁。中国历来是风云变幻，气象万千。郑可夫这样年纪的人，经历了许许多多的人和事，而在这样的时代，人类的思想行为必定在时代的变迁中凸显。《福根老伯的烦恼》《弥留之际》等篇中的人物的行止，能够让读者读到时代的侧影。房屋啊，土地啊，征迁啊……征迁，这是个当代最为难解的题。征迁包罗万象，涵盖千家万户，所谓国家利益，个人利益，是耶？非耶？

这已不是郑可夫一支笔所能解决的了。但他能诚恳地记录，这就是一个收获。

郑可夫的小说世界，就是小人物的世界。孟子先生揣摩人类，确说"恻隐之心，人皆有之"。这话说得有点满，但感觉郑可夫确有"恻隐之心"。孟子先生说"仁也"。仁者，博爱也。沈佩珍、周小贵、张妮敏、张大仔、王桂英、王春亚、潘老头、任法官、王土根、皮匠阿三、春囡、桂花、顺良、福根、谈光绩、刘雪芬……命运各个不同，但共同特征皆身处底层。这是人们耳熟能详的鲜活的人物，婚姻、征迁、家产、追求、信念、品质，等等，有许多向往的东西，但更多的是一些令人不堪的事。郑可夫不粉饰、不回避，直面人生直面社会直至人物心理，能够直面的作者，就是一个好作者。对假丑恶的进行抨击，对真美善的进行弘扬，社会才会健康文明。一位拥有恻隐之心的作者，时时将眼光投向社会底层，才有可能写出好作品，才能将大爱传播给读者，以此教化社会。在社会充斥着权、钱的当下，郑可夫以这样的笔触来传达自己的审美与审丑，是值得肯定的。刘雪芬老师的职业担当，是一种难能可贵的品质；任法官的自律，更是一种应该大书特书的操守。一叶一菩提，一花一世界，郑可夫以笔营造了当代人物画廊，是能够发人深思的：社会怎样才会变得更好？

在封建社会的科举制度中，小说被认为是不着调的玩意儿。等到社会发展，很多人来碰碰小说的运气的时候，又发现这玩意儿并不好玩。早些年说诗是文学的塔尖，后来诗没人看了，诗越来越不是个东西了，这是诗本身的问题。后来少有人自称是诗人，说是写小说的，就可能让人高看一眼。我有小说的创作实践，也有散文的创作实践，感觉小说和散文，就其文体并无优劣之分，要写好，都很难。当然，就小说而言，其思想、艺术应该比散文复杂。小说之构思、情节设置，尤其人物刻画与塑造，如果以这样的文本特征来衡量郑可夫的短篇小说，其实没有必要，也毫无意义。一个人和一个人的生活背景、人生经历、学历学识，可能千差万别，于是，如果拿起笔来，成品或半成品，都会各个不一。郑可夫短篇小说的意义，不在于思想性、艺术性有多高；郑可夫短篇小说的意义，不在于其有多高的产量；郑可夫短篇小说的意义，就在于人生初始以兴趣立志，而数十年不为外撼，不以物移，笔耕不辍，偶有收获，便怡然自得。

算起来，认识郑可夫已经有许多年头，可谓老朋友。也可能是文学的缘故，我们的友谊一直延续。老郑是个诚恳、稳健、热情的人，年逾古稀，且富生气。说邀我作序，总想起清代老人顾炎武的话："人之患，在于好为人序。"于是，勉为其难，写些感想。

勉为其序。

2022 年 12 月 15 日

（胡建伟，中国作家协会会员，第七届余杭区作家协会主席，首届临平区作家协会名誉主席）

目　录 ▌▌▌

婚姻，不能没有爱情

　　乱套了，全乱套了，什么乱七八糟的！眼前的事，让张大仔糊涂了，他心里乱得很。

　　早上，他坚决不让哭哭啼啼的女儿送他，说："想爹了，就带宁宁来看看爹。"从小到大他最疼爱的是女儿，最听他话的也是女儿，唉！现在最放心不下的还是女儿，都说女儿是父亲的小棉袄，张大仔现在真有点懊悔了。喧闹、气派，人人都想挤进来的大城市，他却厌倦了这个地方，但现在真的要离开它了，却又有那么多牵挂！他明知自己不属于这里，但四十多年的风风雨雨留下的那么多故事，一下子又怎么能切割得了？想到这里，张大仔连忙摇摇头，想甩掉这些念头。火车要在上午 11 点开，还得等两个钟头，他心里烦得慌，又嫌候车室里太吵闹，就站起来将手提包寄存到车站寄存部，出了车站，朝着车站旁边的公园走去。

江南的梅雨季节，今天虽说放晴，但天气仍闷热得很，他坐在公园里的长椅上，那地方正好被树荫遮着，晒不到太阳，可还是觉得闷热，这使他心里更加烦躁。这次能顺利离婚，主要还是他主动放弃奋斗了一辈子的在城里买的那两套住房的所有权，说白了，就是净身出户，王春亚才肯同意离婚。其实她不同意离婚也没有用，他早问过律师，律师说已经分居这么多年，法院可以直接判离了，就是碍于面子，调解离婚就调解离婚吧。

张大仔只要想到王春亚那种嘲讽、揶揄的口吻，那种专横跋扈、目空一切的嘴脸，他就气不打一处来！王春亚在家里简直不把他当人。哼！堂堂一个正处级干部，在家里竟受这种窝囊气！瞧她那天在法庭调解室那副德行，竟当着法官的面说什么："离！为什么不离？什么性格不合，全都是瞎话。都一大把年纪了，是外面有相好了。"胡扯！什么乱七八糟的话，她自己退休后一天到晚在外面和男人们唱歌、跳舞，一起旅游，现在却反咬人家一口。张大仔最恨的就是王春亚仗着自己口才好，几句话就把意思故意弄反了，让你完全处于下风。别以为自己学历高，是中学教师，其实连个家庭妇女都不如，在家里动辄就破口大骂，从不讲道理。哼！什么知识分子，其实一点知识都没有，她哪里配懂什么感情？虚伪透顶。自己竟然忍气吞声和她相处了大半辈子。张大仔越想越火，干脆起身到公园里晃荡起来。

20世纪60年代末，"革命委员会"在全国各地相继成立，大批军人代表被派进各机关、工厂、学校指导工作，二十六岁的张大仔作为军代表干部驻进了王春亚就读的师范学院，那时他已经是某部队副连长了。

那年夏天的一个中午，太阳在头顶上像盆通红的炭火，热气直泻下来，把天空、大地烤得像要燃烧一样，人在屋外行走，会觉得自己被烤得气都喘不上来。学校青年路两旁的法国梧桐树叶子，低着头一动不动，像是被钉在树枝上似的，知了躲在树枝的背阴面拖着长长的尾声，在有气无力地哼叫着。这时的张大仔在屋内也不比屋外凉快多少，为了不麻烦办公室里唯一的一台老爷吊扇，就站到窗口透透气。突然，他看到楼下学校大门口，他所管辖的大二级学生王春亚慢慢走进学校。她戴着一顶宽边白纱阳帽，穿着一件白底花格子的短袖衫，一条鸭蛋青色的长裤，少女身上优美的曲线，把这个二十一岁的姑娘衬托得美如天仙。张大仔吃了一惊，他赶紧把她叫进办公室很严肃地说："王春亚同学，你怎么穿戴成这个样子到学校？"

"天太热,怎么了？"王春亚满不在乎地瞄了军代表一眼，轻松地回答。

"你这身打扮是不对的，有严重的小资产阶级情调，这不行，按规定是要受到严肃批评的，赶紧回去换了。"张大仔顺手将一件短袖军白衣递给她。

张大仔脸上显露出很严肃的神色，可他心里更着急，他担心王春亚这副打扮如果让更多的人看到，王春亚就可能会受到批判，那她的前途不就被毁了？所以，他急着想把这事掩盖过去。王春亚出身于知识分子家庭，长得文静、俊俏，平时听话不多言，所以在这节骨眼儿上，张大仔是存心想帮她一把。

王春亚这时还处于满不在乎的年龄段，她打心眼儿里看不起这个其貌不扬个子中等的军代表，她抬头又朝张大仔瞄了一眼，但她心里清楚，知道军代表这是在为她好，所以她把白上衣披在肩膀上，立刻表现出很感激的样子，轻轻地说："谢谢军代表教导，我错了，立即回去换。"心里却在想："哼！土包子，只会唱几句高调，你也懂得什么叫情调？"但第二天，王春亚还是把那件洗净熨平的短袖白上衣，用报纸仔细包好还给了张大仔，说："谢谢军代表！"

自那件事以后，不管有意无意，他们见面的机会好像就多了起来，慢慢地，见了面也能简单聊几句话。在王春亚被分配工作时，是张大仔力排众议，极力推荐，她才去了离城市很近的郊区小镇上一所中学任教。学校离城市很近，坐公交车也就是几站地，王春亚天天可以回家。这可让王春亚的父母感激不尽，一定要女儿请张大仔到家里做客。

那个年代，军人在老百姓眼里特别受尊敬，哪怕是一个普通战士，只要稍微能沾上边，全家都会觉得光荣，更何况他还是个副连长！张大仔在王春亚家里被奉为上宾，客厅里，父亲陪着张大仔说话，母亲则在厨房里忙着，不时偷偷看一眼张大仔。王春亚陪着母亲，她觉得没必要对他那么客气，但心里也不怎么反对父母的做法。

张大仔出生在山东沂蒙苍山山旮旯儿里一个小山村，村口有一棵老槐树，张大仔听爷爷说过，他爷爷的爷爷小时候，槐树就已是这么大，槐树起码有三五百年树龄了，正是有了这棵老槐树，村子也就叫了槐树村。张大仔初中毕业后参了军，凭着他那忠厚老实、吃苦耐劳的品行，加上写得一手好字，得到了部队上下一致称赞，他多次立功，获得首长信任，才被提了干。但此时张大仔坐在王春亚家里，又是在和一个知识分子聊天，他哪里经过这种特殊场面，拘谨得像个没见过世面的孩子，站也不是，坐也不是，王春亚看着好笑，父母看了却很是欢喜。二老对视一眼，会心地笑了笑，好像都觉得自家的宝贝女儿能配上这样的女婿，他们才能放心。

一来二去大家更熟了，终于在一个星期日，他们相约去了公园，张大仔不会像个文化人那样会去欣赏优美风景，用优美的语言去讨姑娘欢心。他穿了一身军装，默默跟随在王春亚身旁，心里紧张得要命，他哪里像个恋人？最多只能算个保镖。他说得最多的话也只有"是"或者"不是"。他们静静地并排坐在靠椅上，望着一湖春水默默无语，最后还是王春亚对张大仔说："嫁给你可以，我是独生女，山东我是不去的。另外，你以后不许吃大蒜。"

张大仔紧张得连气也透不出来，听见王春亚说到这里，赶紧站起来立正大声说："是！"

张大仔回部队后就被升任连长，三十岁就晋升为营长。不久就和王春亚结了婚。三十六岁转业后被分配到省地质厅工作，后又调到省石油地质大队任党委书记。虽然在郊区，但每个星期都可以回到市区家中。

生活看起来就像眺望大海一样，优美、平静、宽广，但当你走近大海的身旁，才会发现大海原来是那样喧闹、波涛不断。张大仔的生活看似平静幸福，其实暗流涌动，从地位上讲，张大仔略胜于王春亚，但就文化而论，他们相差了几个等级，看家庭背景更不用说了，关键是他们二人根本没有共同语言。王春亚是师范学院出来的才女，能说会道、能歌善舞，而张大仔最不擅长的就是这些，他忠厚老实，吃苦耐劳，责任心强，不善言谈，所以张大仔在单位是领导，在家里则是小兵一个，只有做事的份儿。让他更受不了的是王春亚那种嘲讽、揶揄的口吻，那种专横跋扈的作风，常常让他愤懑不堪，随着年龄增大，他们的争吵也越来越多。儿女们大了，也都有自己的事，张大仔从一星期回家一趟，慢慢改成半个月才回家看看，后来干脆一个月甚至几个月不回家，王春亚也从来不会打电话给他。

岳父母在他们结婚后不久，就提出要跟女儿分开住。王春亚单位考虑到她是军属，便优先分配了一套家属住房给她，他们就在学校安了家。张大仔每星期回家，除了去岳父母家，在自己家里，白天他常常也是一人在家，王春亚活动多，常常很晚才回家。张大仔没什么事，就一个人坐着看看报纸，有时也会呆呆地回想往事，他想得最多的是在自己家乡的那些往事，是在部队那些年的光荣岁月，爹娘虽然已经去世，但四个弟妹都在老家，他的小伙伴在老家，有无数童年美好回忆！家乡虽然贫穷，他的心也还是牵挂，有时竟幻想要辞职回家乡和亲友们共同去开发山村，让家乡也富裕起来。

那年，十九岁的张大仔挂着大红花带着梦想披着霞光，光荣地去当兵，村子里就像解放战争时期送子弟兵去前线一样，全村人把他送到村口老槐树下，父母、亲人们千叮咛万嘱咐，乡亲们都盼着他早日归来，这时，隔壁刘婶怀里抱着的才四岁的丫丫也噙着泪，稚气地问："大仔哥，你啥时候回来呀？"大仔抱过她，并用力亲了她一下说："丫丫，哥过些年就会回来抱你。"

如今四十多年过去了，到退休，他一共才回去三次，父母去世时他带着儿女回去过两次，结婚那年第一次回去，连一个晚上都没住，王春亚硬是找借口溜回城里，她公开对张大仔说："那种鬼地方我再也不会去了，我一分钟也待不下去。"张大仔嘴上不说，心里想：既然这样看不起我的家，又何必同意跟我结这个婚？这件事在他心里难过了好长一段时间，他不知道为什么王春亚会这样，只是觉得王春亚太过分了，他隐约感到他们做夫妻不对路。直到大儿子出生，张大仔心情才有所放松。

张大仔刚退休那年，王春亚也跟着退了休，退休后，她一天到晚都不在家，不是出去旅游，就是去画画、唱歌跳舞。张大仔一个人在家，除非原单位有事叫他，或有时和战友聚会，一般很少出门，他常常坐在阳台上的木椅上一动也不动地待着，没有人会去扰他，就这样一坐就是半天。他一直在不断思念老家的亲人，思念着家乡村口的那棵老槐树，思念着家乡的老咸菜、酱豆子、生大蒜那股浓浓的香味，他仿佛看见老家门前那条弯曲小溪里，小鱼儿在清澈的水下正一张一张噘着小嘴呼唤着他。张大仔一刻也坐不住了，他跟王春亚提出要回老家去住一段时间，王春亚却连想都不想，脱口而出："好呀，走得越远越好，最好不要回来！让我清净点好，多活几年。"

其实王春亚从心底里就看不起张大仔，没文化、没情调、不懂生活，就是夫妻在一起做爱也好像是完成任务一样，一声不吭，做好就完了，完了那事就各归各睡觉。不知怎的，她每次都有一种被人强奸的感觉，真恶心！所以，他们除了夫妻做爱，从来不睡在一个被窝里，第三个孩子出生后他们基本上也就不睡在一张床上了。他们平时就不住一起，休息在家也很少说话，好像他们是陌路人，张大仔除了每个月给家里交钱外，就没其他事了。结婚是父母操办的，结婚后王春亚心里就后悔了，真是鬼迷心窍！怎么会嫁给这个榆木疙瘩？多年来也只是看在父母面子上，他好歹是个正处级干部，在外人看来，他地位高、工资多、人老实。

张大仔回到家乡，多年未见的弟妹、当年的小伙伴、亲戚，都热情欢迎他，今天这个请他，明天那个请他，因为他是正处级别的退休干部，也算是衣锦还乡，一个月七八千元退休金，在穷山区简直是个天文数字，乡里村里也是把他当贵人一样尊重，乡长书记也专门宴请了他。家乡亲人的深情厚谊，让张大仔非常快乐，这种感觉在家里从来没有过，这种感觉，让他重新体悟到人生的价值，好像青春又回到了他身上。家乡的亲情、山水，唤醒了他的故乡情！他总觉得这些年来亏欠家乡，应该为家乡做些什么事情，来报答家乡对自己的厚爱。

那时村里因地处偏僻，光缆电缆还未铺设，村里几乎没有电视。张大仔有个曾在县政府工作的初中老同学，也是刚退休，张大仔就去找他说明了村里情况，在他的帮助下，闭路电视不久就置办到村里，村里大多数人家都置办上了电视。全村那个高兴啊，大家就天天往张大仔这里跑。弟妹们也都希望哥哥能长住在这儿，他们早就替他将三间老屋腾空，布置得跟新房一样，还准备替他请个保姆，负责白天照顾他的生活。

村里的总体轮廓没变，不远处大青山还是高高矗立着，村口大槐树还是那么高大健壮，夏天，大团大团墨绿树叶组成的巨大的树冠，投下了半个篮球场大的阴影，树下聚集了村里大部分老人、孩子和年轻女人。围着槐树，摆放着很多方的、长条形的表面光滑的石块，只要不是结冰下雪，不是刮风下大雨，村里的老人天天都会聚集在这儿聊天，小孩们会在槐树下玩耍，女人们则是坐在石块上边闲聊边做着针线活儿。夏天，山风徐徐吹来，坐在树荫下，会让人感到阵阵凉爽。一条清澈的小溪蜿蜒沿村而过，村庄古朴、恬静，处处透露出一种与城市、平原截然不同的特有的秀美。

一天，几个弟妹陪着他在村子里闲走，村里面大多数房屋都重盖过了，换成了砖瓦混凝土的楼房，有的还在外墙上贴上瓷砖，很是气派！村里的那条石子路也铺上了水泥。他们走到老槐树下，小妹翠花突然看见远处的丫丫，便诡秘地对张大仔说："大哥，你知道请的保姆是谁？"

"谁？"张大仔随便问了一声。

"是刘婶的女儿，丫丫！"翠花把嘴贴在大哥耳边轻轻地说，然后就哈哈大笑起来。

"是她？"张大仔想起了当兵时丫丫噙着泪送他时的情景。

"怎么请她？"张大仔不解地问。

四个弟妹争先恐后地将丫丫的情况告诉了大哥。

丫丫23岁时就嫁到刘村大牛家，生了一儿一女，女儿晓兰10岁时，大牛去了临沂市打工，一去就是两年，回来时带了个打扮妖艳的女人，吵死吵活要跟丫丫离婚，丫丫不同意，大牛在家里住了两天就带着那个女人回临沂了。过了半年大牛又赶到家里，坚决要丫丫同意离婚，天天打她，逼她离婚，说不离婚就要弄死她，丫丫娘家知道了这事，刘婶实在看不过，气得带了人跑到刘家痛骂了女婿一顿，看丫丫实在可怜，就把女儿接了回去，丫丫带着女儿晓兰回到了娘家。本来是想回家能让刘大牛回心转意，让刘家来请丫丫回去，可这一等就是一年，直到有一天，丫丫的儿子跑来说："娘，爹快不行了。"她才带着女儿匆匆忙忙赶到了刘家。原来刘大牛一天晚上在临沂市鬼混，大半夜喝得大醉，糊里糊涂、跌跌撞撞闯红灯被汽车撞了个半死，等人发现报了警送到医院后，刘大牛已经昏过去了，工地上通知了刘家。那时路上还没全部装监控，又是大半夜，没人看见，一时也找不到肇事者。交警告知刘家先处理好刘大牛的事，等找到肇事者再通知家属来处理事故。第二天，医院就告知刘大牛快不行了，刘家跟工地上的老板商量，工地上给刘大牛支付了医院抢救治疗费后，急忙把刘大牛送回了老家，临走给了刘家 5 万元，说：这事本与单位无关，他是休息天独自在外面游玩，又是闯红灯出的车祸，刘大牛没有和单位签订什么劳动合同，是随时可走人的临时工。看在刘大牛为单位服务的份儿上，钱，我们先替他付上，等肇事者找到，事故处理好后，有钱就还给单位，没有钱也就算了。话说得在情在理，刘家也没说的，再说当时那 5 万元在穷山旯旮儿也不是一个小数目，刘家客气地送走了单位里的人。刘大牛在家过了三天就死了。办好了刘大牛的后事，刘家对丫丫说："我们也不怪你，是我们大牛对不起你，现在你留还是走都由你，不过你要走，女儿可以带走，儿子已大了，不能跟你走。"丫丫朝着儿子看去，儿子赶紧把头低下不说话，丫丫虽读书不多，但心里什么都懂，她什么都没拿，就带着女儿回到娘家住了下来。

"唉！命真苦。丫丫本人没意见？"听完了介绍，张大仔叹了口气说。

"她能有什么意见？一个寡妇人家，在穷山沟里哪里去赚钱？平时就是种点菜、养点鸡鸭什么的叫老爷子拿到镇上去卖了换点钱，女儿晓兰还在念书，日子过得苦啊。"翠花回答得很快，她跟丫丫最要好，是无话不说的小姐妹。

张大仔在家乡一住就是半年，不在外面吃的日子，就买点菜，叫丫丫帮着整点，也常在家中请弟妹和亲戚朋友聚聚喝酒吃饭。张大仔对丫丫说："丫丫，辛苦你了！"

"大仔哥，辛苦啥？要谢谢您都来不及呢！"

张大仔不把丫丫当外人，他知道她家里生活贫苦，每次付工钱时总多给她几百元，丫丫硬是不要，张大仔说："拿着吧，就算是大哥给晓兰的，她在读书，正在长身体，要多注意点营养，你收下就是了。"

丫丫也不把张大仔当外人，但每每想到小时候大仔哥抱自己，亲自己的事，想到翠花跟她说的悄悄话："丫丫，把俺哥抢回来！"她脸就偷偷地红了起来，她也想大仔哥能在家乡多住些时日。

春节前张大仔回到南方家里，跟家人吃了顿团圆饭，子女们都在自家忙自家子女的事，也没心思跟他多聊，拿了给小孩

婚姻，不能没有爱情

的红包，就陆续回自己家去了。晚上张大仔收拾好锅瓢碗筷，与王春亚相对无言，就各自回房间看春晚了。第二天，王春亚就说要与同事朋友们去外地旅游。两个儿子都去岳母家了，女儿说过两天过来陪他，家中就张大仔一个人，冷冷清清的。他怀念老家的亲人，心中不免有些伤感。

过完春节，张大仔的弟妹们又来电邀请，王春亚根本不管他去留，觉得张大仔不在家自己清净得多，巴不得老头子去他弟妹处，儿女也觉得父亲辛苦了一辈子，又远离亲戚朋友，家里二老住在一起，时常争吵，怄气对身体不好，故也都希望父亲回老家去住住。一来二去，张大仔回山东顺理成章，变成年年必去，而且一住最少是半年，就像山东才是他真正的家。

这两年下来，丫丫出自感恩，将张大仔照顾得无微不至，做菜烧饭，洗衣搞卫生，家里什么事都整得井然有序，为了能让大仔哥吃得好，她常常趁着去镇上买菜，偷偷地去饭馆看大厨做菜，回家合着大仔哥的口味，尽量让他吃得满意。二人长期接触，张大仔也倍感丫丫的勤劳、温柔、善良、懂事，和妻子王春亚那种专横跋扈、张口训人的态度相比，他这辈子才第一次感受到女人的体贴温柔，也第一次觉得女人还有这温暖美好的一面。他嘴上不说，其实心里早已离不开她了。

大山里的冬天来得早，才 12 月初，这里已是冰天雪地。一天傍晚，丫丫做好饭菜，张大仔看她准备回家，就说："一起吃点吧，反正女儿住在学校。"留丫丫吃饭也不是第一次了，丫丫没多推辞就坐下了，张大仔从里间拿出一瓶珍藏的酒说："这茅台你没喝过，是瓶好酒，尝尝？"

"大仔哥，俺不太会喝酒，你自个留着喝吧。"丫丫低着头不好意思地推辞着。但她一般不会违背张大仔的意见，客气一番最后还是喝了。夜深人静，屋外西北风呼呼地拍打着门窗，寒冷在山村肆虐着。外面天寒地冻，烧着暖炕的屋内则温暖如春，二人脸都被酒精染红了，却依旧还在慢慢喝着酒，他们在谈着各自的往事，回忆着童年的趣闻，他们像是离别多年的朋友，又好像是年轻时代的恋人，有说不完的话，双方谁也不忍把这美好的夜晚停下来。快十二点了，丫丫终于觉得该结束了，她慢慢站起身，红红的脸上显露出幸福的微笑："大仔哥，太晚了，明天再唠嗑吧！"她收清了桌上碗盘，又给张大仔泡了杯茶，就独自在水池里清洗碗盘。

张大仔喝着茶，默默地望着丫丫，灯光衬托着丫丫有着优美曲线的背影，他突然发觉四十多岁的丫丫还是那么年轻漂亮！他惊奇地发现自己竟然早已经深深喜欢上这个女人了。他摇摇头，在心里责备自己，六十多岁的人啦，还有这种奇怪的想法，他想甩掉这想法，可是，越是甩，这想法反而越来越强烈。终于，他看到丫丫洗完手，准备开门回家时，他跑过去拉住了她，"太晚了，留在这里吧！"

虽然今晚要发生的事丫丫早就想过，但事情突然出现在眼前时，这使得她措手不及，急剧的心跳让丫丫的脸变得更红了，像个熟透的苹果，她用力将头深深埋在胸前，犹豫地站在原地，一句话也说不出来。几年来的相处，张大仔对她们母女俩的真心照顾，使她感激不尽，张大仔为人行事的品格，使她心里也奇怪地喜欢上这个老头。她还不能说老，她也渴望着从来没有得到过的那种真正爱情，孤单困苦的她，也时时希望有一个男人能有坚强的胸怀让她作为依靠。只是出于女人的羞涩，她从来不曾表露出来，今天晚上她犹豫了……。深夜，丫丫紧紧偎依在张大仔的怀里，突然来临的幸福和快乐，让她竟轻轻地呜咽起来。

张大仔的弟妹、亲戚、朋友们，都知道他与妻子王春亚关系不好，也早看出他和丫丫十分合得来，几年相处下来，亲友也早有了想把他们说合在一起的这种想法，只是出于对张大仔的尊敬，才不敢多言。这一年，张大仔第一次没有回家过年。

开春后不久，张大仔回到了家，他向妻子提出了离婚，全家都反对，尤其是两个儿子，认为父亲简直大逆不道。其实王春亚跟张大仔早就面和心不和，二人性格不合，多年来争争吵吵，哪里还有什么夫妻感情，王春亚觉得：她在外面随便一个相处的异性朋友，都要比张大仔强，她早就想提出离婚了，过去是看在父母面子上，后来是怕儿女有想法，才勉强住在一个屋檐下，现在儿女们都成了家，老头退休后，她巴不得他滚回老家去，让她能自由自在，随心所欲。儿女们也都知道父母不和，像冤家一样冷战了几十年，也劝说过父母，看在儿女的面子上不要把事情闹大。

张大仔在家勉强坚持了两个月，王春亚就是不同意离婚，他也去过法院起诉离婚，也因王春亚不同意离婚，被驳了回来。在庭上张大仔问法官，离婚不是自由的吗？为什么不判？法官的回答是一方不同意离婚，还没有判决离婚的法定条件，并好心劝说："都六十多了，子孙都这么大了，离什么婚？老夫老妻有什么想不开的？好好过日子吧。"什么话？离婚办不成，反受了一肚子气，难道年纪大了，就一定要忍气吞声在原来的轨迹上活着，不能有丝毫改变？就不能像年轻人一样去追求自己的幸福？好像年纪大的人就像被判了死刑一样，不能有任何想法？这事要是放在退休前，考虑到影响和子女，他也许只是想想而已。但现在不同了，儿女们早已成人，自己也从单位领导变成普通的退休人员。自从回到了家乡，他重新感受到了被人尊敬关爱的滋味，他又获得了做人的尊严，仿佛回到了年轻时代。他咨询了律师，律师的意见是：像您这种情况，夫妻感情破裂认定，至少需要夫妻分居两年以上才可判决离婚。张大仔对王春亚说："你不同意离婚，我就回山东老家不回来了。"王春亚则说："你滚得越远越好，谁叫你窜回来的？"

张大仔回山东老家定居了下来，丫丫依旧像往常一样以保姆的身份照顾着他的生活，不同的是晚饭基本上是和张大仔一起吃，晚上也很少回到自己家去睡。开始，儿女也常来电问候，劝父亲回家，后来电话渐渐少了，就像忘记了远方还有位父亲一样，只有女儿每个月总要跟父亲通几个电话，第一年春节，女儿带着儿子、丈夫来山东看望父亲。

张大仔在山东老家生活得平静且快乐，他为了改善村子里的贫困现状，特意去探望在临沂市担任过领导的战友，老战友相聚，都是退休干部，家庭、单位、过去、现在、今后，自然是无话不谈，张大仔说起了家乡情况，希望政府能帮助村里尽早脱离贫困。他们一起去找到了扶贫办公室的负责人，反映了张大仔家乡的情况。市里很重视老区人民的生活，要求地方政府着手帮扶工作，尽快将扶贫政策具体落实下去。不久，上面就派工作组下乡村考察调研，准备帮助具体落实扶贫政策。这事轰动了乡村领导，他们亲自登门拜望了张大仔，感谢他为家乡办了件大好事，同时也对他刮目相看，才知道了他是家乡难得的宝贝。张大仔生活上有丫丫无微不至的照顾，他订了几份报纸杂志，每天看看报刊、电视，练练书法，常与身边的弟、妹、亲戚朋友们聚会聊天，偶尔也在丫丫的陪同下去外地旅游几次，日子过得十分快乐！

张大仔退休金一个月近万元，这边开销少，怎么用也花不了多少，他曾跟丫丫商量过：现住的房子已五十多年了，他想建造一幢自己的房子。这天晚上，丫丫对张大仔说："大仔哥，这样下去也不是回事，你那边家里的事也总得有个了断。"张大仔突然坐起身来说："对呀！"他想起律师对他说的话。他果断地对丫丫说："我得回那边一趟。"

第二天，他叫来了弟妹，跟他们商量回那边的事，他要他们陪他去当地政府一趟，出具一张独自在这边生活几年的证明。弟妹说：这事好办，根本不要您出面。下午他们就帮他拿来了证明。

张大仔回到了妻子儿女身边，可王春亚已当他陌生人一样，理都懒得理他，在三室二厅二卫的房子里，他原来的那间房间早已变成了小孙子的房间。晚上，他把儿女们都叫了回来，说明了来意。大家都不说话，只有大儿子反对。张大仔一下子火了："扯淡，你都快四十岁的人了，还要我抚养？你妈有劳保、身体好，你们三兄妹都在她身边，她还怕什么？你妈跟我和敌人一样，她巴不得我早点死，你们又不是不知道，我还想多活几年呢！我和你妈分居快五年了，可以判离了。你们懂事点，我跟你妈协议离婚。如判决离婚，两套婚后购买的房子，其中一套我想给谁就给谁。"这一番话触痛了大儿子的心，他那套130平方米的住房也是父母买的，还在父母名下。老大连忙说："父亲，不是我们不同意，是我们放不下骨肉之情。"

"哼！什么骨肉之情？我在外面这几年，你是来看过我，还是打电话问过我？我跟你妈离婚关你什么事？我说怎样就怎样。"张大仔一反常态，拍着桌子大声喝道。他第一次，也是最后一次在家中显示出做父亲的威严。

张大仔与丫丫终于结合在一起了，结婚这天，张大仔穿着一身保存得很好的中校军装，丫丫则是玫瑰色花呢上装，一条海军蓝的毛呢裤，这都是张大仔看好的色料，他们叫了弟妹亲戚一起来到大槐树下，张大仔指着槐树说："老槐树是我和丫丫的证婚人，我们就在老槐树下拍张结婚照。"拍完结婚照，他们全家包括丫丫的女儿晓兰在内三十几口人又拍了张全家福。他们按村里风俗，请了亲戚朋友、左邻右舍，把丫丫从隔壁刘家红红火火地迎到了张大仔的三间老屋里，热热闹闹地办了喜酒。第二天，张大仔几个弟妹在村里挨家挨户给没来喝喜酒的乡亲送上一大包喜糖。村子里的人都替他们高兴！都在议论他们的婚事，说丫丫有福气，找了个好人，下半辈子有了依靠。大家最高兴议论的，就是张大仔四十多年前参军时在老槐下说过的那句话："丫丫，哥过些年就会回来抱你。"都说他们二人是前世的姻缘，说得有声有色。这事正印证了那句老话：

愿天下有情人终成眷属，是前世注定事莫错过姻缘。

据说后来丫丫的女儿晓兰大学毕业后在临沂找了工作。张大仔的女儿带着宁宁和丈夫举家也跑到了临沂安居下来，这天，张大仔问女儿："你妈现在怎样了？"女儿笑着说："跟您一样，早已找到了另一半。"张大仔听了，好久都没有说话，他又犯糊涂了。一个自己亲手建立起来的，并为她服务贡献了大半辈子的家，是他亲手把它给毁了，这算什么事？如今自己跑到阔别了几十年的家乡又来安个家，这又算什么事？

"大仔哥，吃饭了吗？"丫丫嗲声嗲气的呼唤，让张大仔回过神来，此时此刻他内心里涌现出一阵刻骨铭心的温暖，让他觉得，有一种被所爱的人呼唤的快乐感觉，这才是真正的爱情！一种被家人呼唤时的亲切感觉，这也是一种真正的亲情！这种感觉是他和王春亚结婚四十年来从来没有过的。他突然明白了，王春亚和他结婚是迫于当时的一种形势，其实她心里对他从来没有产生过真正的爱情，他们不是同路人，不适合做夫妻。他想起从哪里听到过的一句话："婚姻，不能没有爱情！"想到这里，他舒畅地笑了起来。

2018 年

生命之歌

　　女儿沈蔚恒终于考上了市重点高中。明天就要到学校报到，也就是说，明天后，女儿要正式离开妈妈，开始独立生活，去完成三年的高中学业。女儿相貌继承了母亲的优点，长得太像母亲了，长腿、细腰、白皮肤，小嘴、翘鼻、大眼睛，十六岁的少女已出落得像出水芙蓉，冰肌玉骨，亭亭玉立。更重要的是女儿的学习成绩、思想品德、身体素质均是优等，太优秀了！简直是完美无瑕，是学校公认的三好学生。但沈佩珍最担心的就是这点，女儿越是优秀，她越是担心。就像一块洁白无瑕的美玉，越是名声在外，主人越是会担心它的安全。随着女儿慢慢长大，那段伤痛的往事成了沈佩珍沉重的心结，她就是解不开这个结，下不了这个决心，走不出这片阴影，她心事重重地苦苦撑到这最后一天，到底要不要兑现自己对女儿的承诺？聪明绝顶的女儿怎么会猜不到母亲的心思？该来的总归会来，不该问的只有任凭自然。所以她越是长大，越不想去了解母亲的心结，她才不管这些呢，以后学校封闭式的学习生活，她只能寒暑假才能生活在母亲身边，越是长大她越是珍惜在母亲身边的日子。

这时，沈佩珍坐在女儿的床头，沈蔚恒却像个小女孩似的紧紧依偎在母亲怀里，尽情地享受着温馨的母女深情。沈佩珍轻轻地搂着女儿，用左手掌轻轻地抚摸着她柔软细长的头发："恒恒，你不是要知道你的生父吗？妈妈今天就告诉你！"

"妈，你别说了，我不想听。"女儿仍旧搂着母亲、依偎在母亲怀里，只是扭了扭身子。此时此刻她真的不再想知道自己的身世，她知道母亲很难启齿这段伤心往事，继父对她疼爱有加，视如己出，小弟弟也十分喜欢黏着她这个姐姐，她不想为了满足自己的好奇心，而打破眼前的祥和、安宁和平静。

"你长大了，该知道的事，终归是要让你知道的。"母亲深深地叹了口气。

时光回到十七年前的深秋，二十岁的沈佩珍风华正茂，高三的她无论是学习、品德还是相貌，均是全校的佼佼者，名副其实的校花！她正在全神贯注地准备在结束高中学业后剩下的那些不多的时日，去冲刺那个让年轻学子神往的最高学府殿堂。时间已经快进入新的一年，就在本学期结束前，学校根据上级政府文件精神，决定从高三年级毕业生中挑选十二名优秀学生组成学生小组，参与到市政府组织的农村贫困山区经济调查工作队中去实践锻炼。高三一班班长李志良作为这次学生组的组长，四班的沈佩珍为副组长。学生们跟着政府工作队下到三个贫困山村，认真配合工作组作了细致的走访、调查，得到了工作组的好评。半个月的工作很快就结束了，回到了市里，学生们都要回校了。调查工作小组领导唯独要求学生组李志良、沈佩珍两个正副组长留下来，协助工作组在市里再做几天扫尾工作。白天他们和工作组一起工作，晚上被安排在附近宾馆的客房里。

李志良和沈佩珍在学校虽说不在一个班，但因二人学习都很优秀，又都是班长、学校学生会成员，平时在校联系就多些，偶尔也会在一起探讨学习、人生理想。二人志同道合，故在校时相互都有好感。经过十几天的合作工作，虽然双方表面上没有什么反应，但二人心里感情倍增。现在天赐良机，二人同睡一个宾馆，虽各睡各的房间，但晚上他们常彻谈至深夜，双方都还是不愿意分手，很快就碰撞出爱情火花来。这天晚上，李志良深情地望着沈佩珍，心中充满了爱意，他的心脏飞快跳动起来，顿时觉得一股热血向头上冲去，全身颤抖起来，他控制不住自己想去拥抱她的冲动，这时沈佩珍也含情脉脉地望着李志良，不知为什么，她的心跳也突然加快，一种从来没有过的幸福甜蜜的渴望让她激动得一阵昏晕，她不好意思再看着李志良，红着脸慢慢低下头去。就在这一瞬间，两个年轻人让激情冲昏了头脑！李志良突然紧紧拥抱住沈佩珍，黑暗中，两个年轻的肉体终于冲破了最后的底线，紧紧地相拥着、融合在一起再也不分开了……这晚，他们偷尝了爱情这颗甜蜜幸福的奇果，沈佩珍也奉献出了自己最宝贵的贞节！

几天后要返校了，他们天真地立下山盟海誓，相约大学毕业后携手人生。回到学校后，现实迫使他们温度骤降，双方都面无表情地分手回到自己班里。没几天学校放了寒假，李志良和沈佩珍也各自回到了自己家中。亲人的团聚，节日的欢乐，冷静下来后，沈佩珍不仅没能让自己忘记那件刻骨铭心的事，反而内心乱如麻。理智清楚地让她认识到自己犯了不可饶恕的错误，心情就像大海一样反复无常，波涛汹涌！激动、悔恨、苦恼、担心，她被复杂情感束缚得无法动弹，搅得寝食难安。沈佩珍平时是一个很理性的人，不易冲动、善于思考，现在冷静下来思索发生在自己身上的事，一时的冲动，唯一的一次冲动，就让她从一个纯洁的少女突然变成一个女人，内心那种苦涩、伤心的感觉，使沈佩珍深深陷入无边矛盾的痛苦中。她和李志良是爱情吗？他们毕竟只是同学友情，双方从未谈过恋爱，谈婚论嫁毕竟还是遥远的将来式，明明不是爱，却发生了肉体的交融，沈佩珍深感羞耻。内心隐约产生了一种不好的感觉，她觉得李志良太自私阴险，以迷人的爱情做掩护，用卑鄙手段来满足个人欲火，她也恨自己的无知和轻浮，会毫无察觉地去迎合让他达到目的。她越想越悔恨，寒假期间，她干脆把李志良的电话拉黑了，她再也不想与他有任何联系了。母亲看出来女儿的心思，追问下，沈佩珍向母亲坦白了自己的心境。

　　母亲抱住伤心悲泣的女儿，却无法慰平自己被击碎的心！女儿年轻，第一次经历这事，冲动能理解，她深深地叹了口气说："年轻人冲动能理解，但姑娘家要慎重！做女人难呀！"母亲在心里默默祈祷：但愿女儿平安无事，能躲过这一劫！

　　很快就开学了，这天晚上，李志良终于找到了沈佩珍，为什么？他像发疯一样急于想知道究竟发生了什么事，让沈佩珍为什么一直躲避不理、不愿见他。见到他，沈佩珍感到十分恶心，就像见到仇人一样狠狠地瞟了他一眼："我们都还在读书，我们已经犯了一次错误，但错误绝不能再犯第二次，一切都得大学毕业后再说。这次错误如果有了后果，希望你我共同承担。"无论李志良怎样苦苦哀求，沈佩珍仍坚持学习期间保持联系可以，但绝不谈恋爱。李志良学习优秀也是个有志向的人，他没有理由反对沈佩珍的决定，在无可奈何下同意，他信誓旦旦地承诺，这辈子对沈佩珍的感情永远不会改变。"山盟海誓不值一文，到那时再说。"沈佩珍说完就匆匆离开了。

过了半个月，沈佩珍的月事未来，又过了半个月，她感到情况不对，就回家告诉了母亲。母亲着急了，带着女儿去了百里外的外婆家，外婆和她们一起去了镇上医院确诊了怀孕的事实。不该来的事还是来了，老天就是这样欺侮人，坏人做尽坏事，倒平安无事，善良老实人糊涂了一回，就置人于死地。好像一声霹雳，一下子把沈佩珍一家打进了地狱。她痛苦地思索着，又不得不面对现实，做出自己的抉择。母亲在伤痛中坚持要求把事情解决在萌芽中，她不能让一个前途光明刚满20岁的女儿，葬送了美好人生，过早担起做母亲的责任。这是母亲无论如何都不能接受的啊！

沈佩珍沉默了，她完全理解母亲爱护自己之心。她知道，此时此刻，她的亲朋好友也许都会这样劝说。她靠在床上，轻轻抚摸着自己肚子，突然，一阵恐惧向她袭来，她仿佛看到了一个幼小的生命正在她腹中挣扎，睁着惊恐的眼睛盯着她悲哀地求着："妈妈，救救我！不要扔掉我。"害怕让她出了一身冷汗，她起床慢慢走向阳台，她俯视满街无数明亮灯火，仰观夜空闪烁繁星，她感悟着这美好夜晚和宁静生活。哎！人世如此美好，人生却是这么短暂、艰难，正因为生命的短暂，却更显得生命的珍贵！现在的这种顿悟似乎把沈佩珍从困惑中解脱出来了，她毫不犹豫做出了保留孩子的选择。

昨晚她想了很长时间，最后才艰难做出这样的决定。按母亲的意见，这事固然可以悄无声息地隐瞒过去，就像什么事也没发生过一样。但沈佩珍放弃了，不为什么，就是一个人的良心、责任，她过不了这个坎，人活在世上就要活得坦荡，她不愿在自己心里留下丝毫阴影而后悔一辈子。既然犯了错，就应面对现实，勇敢地承担后果。为了自己所谓的前途，没有权利断送孩子的生命，她已经铁了心，无论发生什么事都要让孩子平安生下来。她将自己的选择告诉母亲：她打算在情况允许的条件下坚持到 6 月份高考完毕，利用暑假期间把孩子生下来。母亲坚决反对。沈佩珍抱着母亲哭着说："妈，原谅我吧！孩子没有错，我不能在我肚子里就把他（她）扼杀，这是我的第一个孩子，他（她）也是你的亲外孙啊！"母亲叹了口气：你应该征求下李志良的意见。她把最后的希望交给了李志良。

在学校里，沈佩珍平静地约了李志良并告诉他，她知道这事一旦让校方知道，在那个年代，他们二人一定会成为轰动全校的新闻，而结局必然是声名狼藉、被学校除名。李志良一下子也震惊沉默了，他哪里经历过这种事！心里十分恐惧担忧，不过他很快就装着平静下来，虚伪地对沈佩珍说："这是我们共同犯下的错，后果我们共同承担。"沈佩珍听后觉得她没看错人，她说出了自己的想法。李志良看着沈佩珍说："这样做是否风险太大？万一校方知道，我们全都得完，眼看就到了最后冲刺，这十几年的努力不就付之东流了吗？最好的办法就是去堕胎。"

"为了保护我们那些所谓的荣誉、机遇，我们就有权利去扼杀一个幼小的生命？"沈佩珍冷冷地瞟了李志良一眼，她似乎突然看到了李志良胆怯、自私、虚伪的内心。

李志良默默望着表情坚定的沈佩珍，他心里十分害怕，直到现在他才想清楚偷吃禁果的后果，他无法去直面这个现实，只好吞吞吐吐地说："我们征求一下父母的意见？"

沈佩珍知道李志良犹豫退却了，"懦夫，敢做不敢当！"她突然感到恶心，她朝李志良投去鄙视的目光。但她也知道，毕竟是在抉择自己命运的十字路口，总不能把自己的意志强加给他，她觉得李志良已经不可能风雨同舟与她并肩去迎接风浪。她心里一阵伤痛，山盟海誓原来是如此脆弱不堪一击！她的确有点悔恨自己太幼稚冲动了。"你看着办吧！"她厌恶地看了他一眼，立刻就走开了。

李志良从小随外婆住在这里、在这边读书，他父母都在北方工作，有着属于自己的产业。他也只是寒暑假才回北方的家，现在出了这么大的事，只能急着打电话告诉父母。李志良母亲知道情况，立即乘飞机赶到江南，并和李志良一起找到了沈佩珍家，双方父母都是通情达理的人，都认为孩子无知冲动造成这样的后果，十分惋惜。李志良母亲对沈佩珍父母说："两个孩子都很优秀，事情已经发生了，我们也不能推卸责任。但我家志良还不到结婚年龄，所以就算保住孩子，也是违法生下的。我们的意见是，从两个孩子的角度考虑，能不能不要孩子，我们会对沈佩珍做一定的经济补偿。"

"唉！我们也觉得不能要孩子，可佩珍就是不同意。"沈佩珍母亲叹了口气。

沈佩珍这时才抬起头说："犯了错就得承担，我没有权利去扼杀一个无辜生命。既然你们都不愿意面对，这后果我会独自承担，绝不连累别人。"

沈佩珍的父亲这时才缓缓地说："佩珍，留下孩子，这今后的路怎么走啊？"父亲觉得女儿单纯得有点傻，一个刚满二十岁的高中学生，怎么可以怀孩子做母亲呢？又不是旧社会，现在事情明明可以妥善处理好。他不能理解女儿为什么要这么固执，不听劝解、书呆子气？唉！世上的人事千奇百怪，可让常人不理解的事却偏偏要发生在自己女儿身上，而且不顾一切地往绝路上走。

"生命，弥足珍贵，为了他（她），我无怨无悔！爸，今后的事我还没仔细想过，但总会有办法的。"沈佩珍那双美丽的眼睛里早已噙满泪水，她犹豫了一会儿才说。

女儿考虑问题毕竟太单纯了，但她那颗正直善良的心，却比金子还珍贵！李志良母亲看着沈佩珍，她其实也从心里十分喜欢这个美丽的姑娘，从儿子的言语中，她知道了沈佩珍在学校里十分优秀，今天她能勇敢地面对自己犯下的错误，她善良、正直、不推诿责任，这种难能可贵的品质深深打动了她。她深情地抱住沈佩珍十分真诚地说:"孩子,好姑娘!请你理解我们做父母的心。我可以郑重地对你承诺:只要你不生下这个孩子,今后不管发生什么,我们都认定了你这个儿媳。"

李志良的母亲觉得该说的话都说了,她从包里拿出包着五万元的厚厚红纸包,递到沈佩珍母亲手里说:"佩珍妈妈,初次见面,这是我们给佩珍的一点心意,我说话算数,请你们再劝劝佩珍!"

事情已经明摆着,清楚得很!但这种事情又不好过多张扬,父母多次劝说女儿,但沈佩珍态度十分坚决,家里只有外婆叹着气,也没有过多反对,父亲说她不可理喻,脑子出了问题。但说归说,母亲因为担心女儿流了多少眼泪,父亲愁眉苦脸也承担着巨大的压力。李志良此时内心也十分忧愁焦急,他担心害怕事情一旦暴露后怎么办。沈佩珍的行为虽不能为常人理解,但她表现得异常平静,为了腹中的孩子,沈佩珍默默忍受着各种身心磨难,她已做好准备,做了最坏的打算,无论如何她都要保护自己肚子里的孩子。

已经五月份了,好在沈佩珍的身体还好也没有多大反应,只是肚子微微有些凸起,皮带束紧些,还真看不出什么。还有半个月就要高考了,复习冲刺已近结束,模拟考试中沈佩珍发挥优良,她甚至连报考医科大学的志愿都已选定,心想:煎熬总算到头了!可她万万没想到:这天,校方突然通知考生过两天全部去医院参加高考生身体检查。怎么?去年毕业时已进行过体检,怎么现在还要检查?沈佩珍惊呆了,这突然的事情又彻底把她打入了谷底,怎么办?只要身体检查,事情必然暴露无疑。

　　沈佩珍忧伤地回到了家,在家里她抱着母亲泣不成声,几个月来压抑着的委屈、悲痛、担惊受怕全都发泄出来。看着女儿这么伤心,她轻轻地抚摸着伏在怀中的女儿,也流下了伤心的泪水。自己三十多岁才生下这么个宝贝女儿,尽心养育,好不容易长大成人,出落得这么优秀,眼看即将成为飞出窝的凤凰,却因一个错误,要承受偌大伤痛,她心如刀割,喃喃自语道:"珍珍,咱们这么做值得吗?"

　　沈佩珍慢慢停止哭泣,她抬头望着母亲说:"妈,孩子也是您们的外孙呀!我犯了错,但孩子是无辜的。别人可以不要,但我不能。"她坐了起来仍靠在母亲身上,又朝着坐在一旁的父亲用轻松的口吻说:"你们放心吧,大学今年不考了,明年仍然可以去考的,再说,现在拿学历方式很多,自考、电大都行,边工作边学习,小孩我到外婆家去养。"

　　父亲叹了口气说:"孩子,事到如今,也只有这样了,但你应该知道在你前面的路将充满荆棘。"

　　"这件事情你应该告诉李志良。"父亲停了停又补充说。

　　当学校得知沈佩珍不来参加高考一事,都十分惊讶,班主任直接赶到她家,得知沈佩珍去远地亲戚家有事情,她很不理解沈佩珍全家会作出这么让人不可思议的决定,按沈佩珍的表现,如临场发挥正常,不说全国重点,就读省重点大学是百分之百的事。沈佩珍父母态度坚决,似乎也没有商量余地,班主任只好回去如实向学校领导汇报,临走前她对沈佩珍父母说,希望她明年再来参加高考。整个学校议论纷纷,学校老师多为沈佩珍惋惜！李志良心知肚明，他暗暗感激沈佩珍，他甚至有一种要去找沈佩珍和她并肩站在一起的冲动。他对沈佩珍肚子里的孩子并没有什么感觉，难舍的只是那份珍贵的初情！

在外婆家，沈佩珍平安产下一名女婴，看到一名美丽的小天使降临家庭，就像狂风突然卷走了乌云，天空又呈现了蔚蓝色一样，沈佩珍全家终于暂时驱散了忧愁，又充满了往日的欢乐！这天，沈家收到了李志良母亲的来信，对沈家遵守承诺表示真诚谢意，同时转告沈佩珍李志良已考上一所北方大学，并已在沈佩珍手机账号上电汇了三十万元，望查收！说就作为孩子的抚养费吧！意思已经表达得很明白了。

"退回去，才不稀罕这些钱。"沈佩珍十分生气，这种胆小怕事的懦夫，毫无责任心、自私自利的人渣，她觉得这是对她的侮辱。

父亲沉默了一会儿对女儿说："退回去？没有具体地址，怎么退，李家很有心机，上次我们的谈话她全录下了，现在他们可能地址电话都换过了，他们有理有据，我们没有必要再说了。李志良承担小孩的抚养费也没错，以后就没有必要再联系了，看来我们也该换个地方了。"

母亲很快就要退休了，她正好留在娘家照看小孩。沈佩珍也打算好了，等身体恢复后，决定去找个工作一边上班一边参加自学考试。沈家生活像一只行驶中的航船，经暴风雨折腾修复后，又艰难地重新走上了航道。

凭着沈佩珍优越的内外条件，很快她就受聘于当地一家跨省大公司下属的一个分公司任内勤。她不仅工作表现出色，还在三年内通过自学考试完成了"市场营销""英语"两门本科学业，现在正在攻读研究生学位。沈佩珍的优秀表现，得到了总公司高层的称赞和重视，她被作为人才调入总公司市场营销部。年薪也从初进公司的三万元提升到三十万元。工作中沈佩珍结识了自己年轻的上级，市场营销部部长王亦然，他比沈佩珍大五岁，是外地人，也是从都市高等学府出来的研究生。他们从相识到相爱，经历了漫长的三年。沈佩珍一开始就毫无保留把自己的遭遇全告诉了他，本以为王亦然听了会知难而退、渐行渐远，可王亦然却笑笑说："这有什么？我看重的是你的人品、才华，你对这件事的选择，正说明你的品质高尚，你是一个让人尊重、值得珍爱的女性！"

沈佩珍听了沉默不语。王亦然看看她又说："孩子快到读书年龄了，她需要有个爸爸！"

"再过段时间吧！"沈佩珍默默看着王亦然坚定、充满真诚爱意的脸，她知道他是真心的。王亦然很优秀，各方面条件都比她强，沈佩珍虽然也喜欢他，但这时的她再不会像少女时那般冲动，她还需要观察、了解，所以，沈佩珍停了一会儿，才矜持地表了个态。

沈佩珍毕竟经历了这么多的事，成熟多了，以前父母、亲友、同事也给她介绍过不少，但都是看到她本人丽质、家庭条件还行，但等知道她有个女儿及过去的经历后都纷纷选择了敬而远之。这其中的伤痛、羞愧、耻辱，都深深地刺痛了她，除了自卑外，慢慢地她还产生了厌恨男人的感觉。王亦然条件这么好，为什么都三十岁了还不结婚？他能看中她，会不会是寂寞了，找个女朋友玩玩而已？她虽然也喜欢王亦然，但只在心里，表面上不会过多表现出来，选择伴侣毕竟是终身大事，她还要深层次多了解他，才知道真正答案。

到了女儿沈蔚恒要上小学了，他们才结了婚。一直以来王亦然都深深爱着沈佩珍也疼爱沈蔚恒，到后来他们又有了个男孩，沈蔚恒也十分爱惜这个弟弟。

夜深了，沈佩珍讲完了这些，看着已经泣不成声的女儿又轻松地叹了口气说："该告诉你的我都说了，你长大了，一个人在外，千万要保护好自己。"

停了一下她又对女儿说："你生父我们一直没联系，不知道他在哪儿。你要去找他我也无权干涉，你自己决定。"

"别说了，妈妈！谢谢你给了我生命！王亦然就是我的亲爸爸，好爸爸。"沈蔚恒紧紧抱住母亲，全身颤抖着，她那稚嫩的脸紧贴着母亲的脸，又深情地流下了热泪，眼泪滴在妈妈的肩上，又从肩上流到妈妈的背上，把妈妈的衬衫都渗湿了，沈佩珍的心里一阵温暖，女儿不仅长相像她，女儿的品行、情商、智商都与母亲如出一辙。她紧紧地抱着女儿，幸福的泪水从她那双大眼睛里涌了出来。

2022 年

生命之歌

掌 声

黑夜，寒冷的西北风吹过空旷的田野，一直吹进了这所农村中心小学。寒风好像正在鼓着它的全部力量，起劲地拍打着学校里那些紧紧关闭着的门窗。

在教师的办公室内，那些刚从匆忙岁月中拼凑出来的教师们，素质还是那么参差不齐。他们有几个是从正规师范学校出来的老教师，有从农村初中毕业生中抽调上来的民办教师，还有两个不知是从哪里找来的临时代课教师，他们正在进行着周末教务会。

这时，办公室里静悄悄的，气氛好像很严肃，但严肃得又有些令人不解。从教师们脸上流露出来的种种表情来看，它在清清楚楚地告诉人们：这块小小的天地，也同偌大的社会一样，复杂得叫人捉摸不透。

不过，谈光绩老师直到自己发言完毕，才开始察觉到室内的气氛有些异常，这是为什么？难道是自己说错了话？涉及了一些严肃问题？还是在发言中无意间伤害了谁？大家为什么都不说话呢？唉，真笨！谈光绩你怎么就不会想到，正是你刚才的一番发言，触及了人们最敏感的神经。

令人难堪的沉默……

刘雪芬老师低着头，满脸通红地坐在椅子上，谈老师望着她这样子，心中也感到不安。她默默地在心中问自己，刚才的发言是否伤害了她？不会呀，这都是为了工作，再说，发言并没有直接点谁的名，而且发言时也讲得很婉转。谈光绩从心底里喜欢这个温柔善良的姑娘，无论如何也不会去伤害她的自尊心。不过，这件事本身，终究是件遗憾事！

一个教师在课堂上教学生认生字，竟将"迈"字教读成了"万"字音，全班几十个学生，就认真地跟着老师将这个错别字大声念了十几遍，并将这个错误深深地印在了小小的脑海中，这影响会多不好？这是一个教师在课堂上不应该发生的事。谈老师心想，提出这件事，只是希望大家能重视自身的提高，注重教学的质量。

办公室内的空气更加沉闷了。

谈老师迷惑地望了望老师们，又带着询问的眼神朝校长望去，却正遇上校长那阴冷的目光。她心里一愣，更加纳闷儿了。

"哇"的一声，刘雪芬老师终于伏在桌上呜呜恸哭起来。瞧！她年纪轻轻的，哭得多伤心！整个身子都在抽动着，她可是有身份的人！一个堂堂乡长的女儿。哟！这还了得，办公室顿时像开了锅的水，乱了起来……这个年老的，看上去是那么清瘦羸弱的女教师是多么不知趣！你怎么可以去批评一个乡长的女儿？在过去，你曾被当作反面教材受到了批评，后来又被发配到山沟里的小村校。直到刘雪芬的爹重新主持乡里工作，才为你平了反，并当作人才从山沟里调出。可是谈光绩你老人家却翻脸不认人，你也太不讲义气了吧……唉！

"谈老师，你听错了吧？"

张君道校长看了看大家，他觉得是自己讲话的时候了，一校之长嘛，他身上担子重着呢！张君道可是个有心计的人，他才不会像谈光绩那么傻，才不会为一个字，去得罪一个乡长的女儿。

是啊！还是张校长有水平，听错了，道一下歉，不就没事了。一个体弱多病的老人，怎么不会听错？

听到校长这么说，教师们都松了口气，话虽然是明显向着刘老师，但校长的一番苦心和用意，谈老师却怎么也不会明白的。

唉！谈老师你怎么就这么傻，就不会顺着校长的这番话去想想？

"听错？"谈光绩轻轻地反问了一句。她觉得很奇怪，情绪有些激动，为人师表，说话怎么可以如此不负责任？如果把没有听清楚的事就放到会议上来讲，自己成什么啦？这是工作呀，就是个人间的私事，也不应该这样不诚实。

唉！谈老师，怎么说你？！你就算是没有听错，但校长已这样说了，你何苦还要这么认真？唉，你得罪了一个乡长的女儿，不就是得罪了乡长本人。谈光绩啊谈光绩！你图个啥？难道苦头吃得还不够？人哟，多少总得为自己想想。校长阴冷地望着谈光绩，心里却在暗暗高兴。想想自己奋斗了十几年，至今还是个副的，是啊，今天遇上这个傻瓜，可不能放过这个机会。"你怎么就不会听错？话说回来，就算读错一个字嘛，谁都难免发生，难道你谈光绩就从来没有读错过字？"张君道停了一下，扫了教师们一眼又继续说道，"但这个……这个，我们不要小题大做，更不要攻击一个同志。特别是对新来的年轻教师。"

校长话音刚落，体育老师陈勇全就急忙接过话题："哼，我看谈光绩就是别有用心，无非是想抬高自己，打击年轻人。"这一唱一和配合得如此完美，这在生活中是常有的事。但对谈老师却如钢针刺心，谁都知道，打你几个耳光，或破口大骂你一顿。这从来就是对付弱者的办法。

"你！"

谈老师气得站了起来，但又立刻坐了下去，她痛苦地看着这个二十几岁的小伙子，再也说不出话来。

还要说什么呢？今晚出于对工作的责任心，却完全被故意歪曲了，成了某些人讨好权势的台阶。

谈老师感到一阵寒冷，她是多么伤心啊，几十年的教学生涯，养成了她对工作一丝不苟的习惯，但几十年的人生道路，又那么不公平！竟让她走得如此艰难辛苦。

是啊，一个从旧社会过来的孤寡老人，一个地位平凡的小学教师，又在工作中受过批评的弱者，在人们的现实生活中，又有什么分量？这就像一阵轻轻吹过的风，一丝慢慢飘过的白云，谁又会去注意它呢？

办公室里十分安静，但听得出窗外的寒风却越刮越猛。教师们似乎有些厌烦，张君道却十分满意自己今晚的表现，他正准备再安慰刘雪芬一下，见好就收场散会。突然，一直伏在桌上的刘雪芬老师，此刻却默默地站了起来。她厌恶地瞟了张君道一眼，然后深情地望着谈老师，慢慢地一步步朝着她走去。刘老师那双亮晶晶的大眼睛里还含着泪花，红红的圆脸在日光灯的照映下，显得那么安宁、真诚、美丽。

办公室里的教师们都很吃惊，他们紧张得睁大眼睛，默默盯住刘雪芬。要发生什么事啦？谁也不明白这到底是怎么回事。

"谈老师……"

声音是那么轻，这声音听起来却又如此温馨，充满了一种晚辈对老人深深的敬爱之情，但在这寂静的办公室内，显然教师们都听得十分清楚。这声音把谈老师从遥远的沉思中唤了回来，她抬起头来，正对上刘雪芬深情的目光。谈老师一下子怔住了，疑惑地望着笔直站立在面前的刘老师。

"我……对不起！是我害了你。"

刘老师又激动起来，身子在微微晃动，她好像有很多话要说，但又不知从何说起。

不必说了，从她那深情真诚的神情中和那双噙满泪水的大眼睛里，谈老师明白了，她什么都明白了。这个过去曾是她学生，现在又成了她同事的刘雪芬，谈老师是不会搞错的。她激动地站了起来，紧紧地拉住刘雪芬的手……多好的长者啊！不公正的待遇，暗淡的命运，痛苦的遭遇，这一切都使刘雪芬老师再也忍不住心中那些复杂的感情。她突然挣脱被谈老师紧握着的手，伸出双臂，紧紧地，紧紧地抱住谈老师，她将头靠在谈老师瘦削的肩上，轻轻地抽泣着。这突然发生的情景，好像使办公室内的一切都凝固了，教师们一动不动地坐在椅子上，呆呆地望着她们。

寒风还在凶猛地拍打着办公室紧紧关闭着的门窗，墙壁上的挂钟起劲地发出响亮的嘀嗒声。慢慢地，教师们仿佛从沉睡中苏醒了过来，办公室里突然响起了几下掌声，尔后又是几下，最后，办公室内被掌声淹没了。这就像宣告春天来临的雷声，它震撼着学校，震撼着这个冬天的夜晚。

办公室里只有张君道校长呆滞地坐在自己的办公桌前，他脸上的表情十分麻木，弯曲着身子，双手僵硬地垂在腿旁，微微张着嘴，看上去就像一个大问号。

1989 年

瞧，这个任法官

在这座还不到二十万人的小城里汽车特别多，有人做过初步统计，说这个城里的各种车辆加起来，可能不到十万辆，但九万辆肯定是只多不少。我们先不说居住在这座城里的人有多么富足，但在这座城里的几条大马路上车辆有多么拥挤，是大家有目共睹的。20 世纪 50 年代，曾经有两位大国元首见面时相互调侃，一位看了看天空说，我们国家天上的飞机比马路上的汽车还多。另一位也不客气地说，我们马路上跑的汽车比路上走的人还要多。那时飞机尚属尖端科学，而马路上的汽车多了，说明这个国家富足。一个小镇上有这么多汽车，说明这个地区一定很富裕。

任法官坐在回法庭的警车上，心里特别舒畅。他刚从当事人的所在地，别林村村委会回来，就这件棘手的案子，他用了近一个月时间，足足跑了五趟。唉！像这类庭里谁都不愿接手的分家析产纠纷案子，他终于调解结案了。

任法官偏长的身材，其五官长得不错，只可惜他这个人身上只长骨头不长肉，一米七八的个子还不到一百二十斤，如果再重二十斤，他肯定是个帅哥。他为人谦卑，平时不爱说话，也不善交际，见了面笑笑点个头算是打招呼。但工作起来就像换了个人似的，口齿伶俐，铁面无私。他从事法官工作也快有二十个年头了，与他一起分配到这个区级人民法院的同事，有的已经到院里担任中、高层管理工作，最起码的也上升到庭长副庭长的。可他呢，就这样在下面几个镇上的法庭里调来调去的轮番做着法官工作。

要说他心里没有想法是不可能的，有时心里也会觉得委屈、不平，但在心里他总是这样安慰自己，人在做，天在看，只要凭良心做事，自己一个农民的儿子，是国家培养，把我放到这样重要的岗位，培育之恩，也当以涌泉相报。说实在的，升上去这种想法，也不过就是偶尔随便想一下而已，特别是在别人调侃他，或者受到家人埋怨责怪时。

这不，前几天妻子当着女儿的面说："你算啥呀？真是没用，当了几十年的法官，连女儿想进个稍好一点的学校都没办法。"

他听了心里特别生气，妻子在镇上一家公司上班，她心直口快，说归说，心里是没有恶意的。但妻子说的也是事实，自己确实没用，谁不疼爱自己的子女？自己关心这个家实在是太少了，平时家中的一切事务，基本上是妻子独自在承担，他真觉得对不起妻子儿女。但自己应该怎么做？托人去开个后门，

瞧，这个任法官

这对他来说是件很简单的事。可这是个原则问题，违背底线的事，他任立民是不会去做的。现在他正利用靠在汽车靠椅上休息的时间，闭着眼睛静静地思考着这些家庭烦心事。你也许认为这是天方夜谭，这年头谁还这么认真？但我所接触的众多法官中，绝大多数在个人和国家利益之间，还是首选国家利益。

"任法官，手机响了。"驾驶员听到了。

"哦？！"任法官从公文包里拿出手机。

听着电话，他脸色也变了，"快停车，我女儿病重，要我赶紧去医院。"

"我送你去！"车是停下了，但驾驶员立马回头看着任法官。

任法官迟疑了一下，忙挥挥手说："我还是'打的'吧，回去跟庭长说一声。"

随着车门重重一关，任法官急匆匆地消失在车群人海之中。

"木头！"驾驶员摇摇头，心里却暗暗骂了他一句。他觉得任法官没有必要这么做。怎么说呢？路上这么堵，用警车送他去医院，既快又方便，花不了多少时间，怕什么？又不是私自调用公车。办案回单位，顺便用个车，不过是调个头开过去罢了。再说他驾驶员不说，谁又会知道？退一步讲，就是领导知道了，又有谁会去批评他？驾驶员真弄不懂任法官是怎么想的。

急诊室走廊上，妻子抱着挂生理盐水的女儿，无助的眼神一直在找寻着任立民，她多么希望丈夫能马上来到她们身边，哪怕是帮她抱抱女儿，她一个人要抱着女儿挂号、看病、配药、挂生理盐水，急急忙忙地跑上跑下，累得浑身软绵绵的一点劲都没了，丈夫还没来，自己要上个厕所怎么办？电话是打通了，丈夫说马上赶过来，可是人在哪儿呢？她知道丈夫就是个工作狂，工作起来就什么都不顾了。妻子这时在心里真急得要命。女儿得了急性肠胃炎，发着高烧又上吐下泻，需要住院观察，可这座城市里稍微像样一点的医院，床位却出奇紧张。

"任法官，终于找到您了！"急诊室走廊上一个人高叫着跑过来。

"张总？"任法官奇怪地看了他一眼，他怎么找到医院来了。

"是法院说你在这里。宁波货款今天打过来了，真得万分感谢您！"张总双手紧紧地握住任法官的手。

想起来了，一个月前是任法官办结了张总与宁波广达建筑有限公司买卖合同纠纷一案，300万元的货款已拖欠两年了，对方就是找种种借口、理由，所欠货款就是拖着不还。张总的公司都快被拖得要停业了，没办法才向法院起诉，任法官做了被告大量工作，最后才同意签下还款协议。

"不用谢，应该的。"任法官想松开手，他急着要去寻找妻子女儿她们。

"要谢的，要谢的！你救了我们企业。"张总连声说道。可任法官就在和张总的手分开的刹那间，任法官他突然感到手里多了张卡片。

"这是什么？"任法官看也不看就把卡片还给张总。

"小意思，给孩子买些吃的。"张总十分恭敬地弯下身体，真诚地表示着谢意。

"不，不，不能这样。"任法官态度很坚定。

"任法官，你的救命之恩，我不报就是个浑蛋！我个人就算是你的朋友，一点心意，天知地知，你一定要收下。"他差一点就要跪下了。

他脸色变得十分严肃，坚定地甩开张总的手，朝着妻子走去。

张总不敢再追过去，他仍站在原地默默望着他们，他隐隐约约听见任法官妻子说："住院部没有床位，今晚只能在走廊里了。"他轻轻叹了口气，心里充满敬佩地说："好人啊！"便慢慢向住院部走去。

夜晚，急诊室走廊上人员仍未散尽，任法官抱着女儿坐在长靠椅上，他心疼地看着女儿，用手掌轻轻地拍打着女儿，妻子就坐在他旁边，眼睛微闭，头则靠在丈夫肩上，她实在太疲倦了，从单位赶过来到现在，她还没好好坐下来歇口气。这时一名护士走过来对他们说："您是任法官吧？住院部刚刚来电告知2幢306房27号床位空了，你们女儿可以睡到那边去了。"

"啊！谢谢，谢谢你们！"任法官夫妻高兴极了，女儿终于可以舒服地睡在床上挂生理盐水，他们也只需一个人轻松地坐在旁边看护就行。

在住院部2幢306病房里，一位骨瘦如柴的老大爷，在两个年轻人的搀扶下，艰难地走下27号病床。一旁站着两名护士拿着干净的床单被套正准备调换。

"大爷，您现在出院？"任法官觉得奇怪，老人怎么突然想到深夜出院。

"不，我明天出院。医生跟我们商量，叫我们提前出院。"

"大爷，您上床吧！"任法官心里很沉重，他已经猜到是怎么回事了。

"不必了，再过几个小时天就亮了，早上家里就会开车来接我，我到走廊上坐会儿就行。"老人催着两个搀扶他的年轻人快走。任法官却把女儿交给妻子抱着，然后将老人扶了回去，坚定地说："老人家，您睡吧！我们明天早上过来。"

任法官高举着盐水袋，妻子费力地抱着女儿，慢慢离去。

护士回过头来轻轻地对任法官说："任法官……"

"好人呢！"老人这时也慢慢回到病床上轻轻地说了句。在他那双混浊的眼睛里面早已充满了泪水。

瞧，这个任法官，你看他有多傻。他是傻了吗？不！他正常得很。不过这类人在我们的生活里确实太少了，所以就显得奇怪。有些人在心安理得地享受着权利和金钱带给他们的幸福快乐时，他们活在世上，拼着命不择手段地去追求这些东西，不就是为了显摆自己，能在众人面前高高在上，好让人们敬畏他、羡慕他。人类社会的物质文明得到空前发展，可人的思想不能仍停留在那些自私肮脏的地方，为什么我们的社会像任法官那样的人不能更多些呢？

2014 年

桂 花

　　白果树高高地挺立在村子中央，迎着起伏的山峦高高抬起头，它那副傲岸的姿态，似乎正要与它对面的山峰较劲。阴凉的山风吹来，快活得瑟瑟欢唱，时而飘落下来的金黄树叶，飞过人的头顶，盖得满地都是。

　　树叶儿慢悠悠地飘进了顺良家，四平八稳地躺在玻璃柜台上，像一把把美丽的小绸扇。桂花看见了，赶紧走过去，厌烦地将树叶儿一把全掸在地上。她抬起头，朝着屋外白果树梢望了望，轻轻骂了句："这个短命叶子。"

　　那年，树叶儿也是将顺良家门前铺了厚厚一层，桂花拿着笤帚，慢慢把树叶扫成一堆，搬回家去当柴烧。这时顺良从乡里的供销社落好排门回家，就站在白果树下向四周看了一眼，便急匆匆地告诉桂花：店里走了好几个，病退、辞职的都有。

　　桂花不作声，低着个头，仍在扫她的树叶，看上去她不闻不问，一点也不在乎的样子，其实她早就听说了，心里也早在想这件事，只是还没有考虑周全。直到晚上睡下了，才轻轻对顺良说："咱们也退了吧，让老三顶上去。我琢磨过，咱们自己开店。"

村里人都佩服桂花那有板有眼的劲头，桂花要做的事，就像门前那棵白果树的果子，不熟透，是不会落下来的。前些年，山村里居然有人盖起了三层楼洋房，桂花就知道有强人出世了。她暗地里留心起白果树下的闲话，可是，后生哥们的那些"改革开放""特区""模特儿""迪斯科"……那时家里还没有收音机，连聪明绝顶的桂花也听不太明白。

桂花第一回发了呆，她常靠在自家门前，好久都不说一句话，好像有心思。白果树旁流着条小溪，冰凉清澈的溪水终年慢慢流淌着，潺潺的流水声，像是在不停地叙述着山里的故事。

顺良本来可以像他阿爸一样，极平常地过一生，可命中注定，他偏偏摊上个能干要强的女人，这样，就由不得顺良了。不过，如果不是桂花，顺良就会像乡上供销社里的金坤老头，六十多岁了，还睡在店里，饭也要到供销食堂里去吃。桂花就是这样一边琢磨一面摆弄着自家的日子，她心里已经下定决心，一定要把村里的那两幢洋楼房比下去。

如今，顺良家的三间老屋早已换成三层楼房，马赛克门面，圆形阳台，山里人可是第一回抖了威风。在那扇茶色玻璃大门里面，一字形摆开两只大玻璃柜台，柜中各类商品摆放得错落有致，干净、整齐、明了，内行人一看这摆式，就知道是经高人指点。在一台手提式音箱放出的优美音乐中，顺良家的那位小千金，水灵灵地在柜台里招呼着客人，那模样就像一旁挂着的电影明星。

老一辈人想起了年轻时的桂花。

桂花做姑娘时，模样比她的一双女儿更出挑。甜甜的苹果脸，白嫩的皮肤细腻得能照出人影来。一身士林蓝夏布单衣，把身子绷得紧紧的，羞得桂花连自己都害怕在人多的地方露面，省得被男人们盯着自己，她连头都不敢抬起。她也害怕站在溪边，生怕让溪水照出自己曲线毕露的身体。

顺良能娶到桂花，大家都有点妒忌。村子里有人说顺良笨人有笨福，也有人说过癞蛤蟆讨娇娇的话。其实，这原是老一辈的事，顺良他爹在山上砍柴时曾救过桂花她爹一命，桂花爹知恩图报，做起了乔老爷乱点鸳鸯的事来，硬把一个能干聪敏仙女般的女儿，从小就许配给了貌不出众的老实头菩萨顺良。

桂花结婚后的第二天，她蹲在门前溪边石坎上洗衣服，就听见背后有女人在轻轻说鬼话："啧啧！顺良真是木头脑瓜，连'睡觉'都不会，还要桂花教他。"

昨晚在新房的事被人偷看了！桂花红了脸，红得像清晨山边的彩云。桂花躲在家里，好几天都不敢出门。

这能怪得了桂花？谁叫顺良这样老实。呆头呆脑地站在房门边，一直盯着坐在床边盖着红布头的桂花，都半夜了，也不哼一声。桂花又不好意思开口叫他，便捂着肚子装肚子痛。可顺良见了，就认准她是半天没吃饭，饿了！便急忙跑进厨房盛了一大碗饭，端进来放在床前茶几上。桂花见了，忍不住"扑哧"一下笑出声来。她一把扯掉盖在头上的红布，抬起那双水汪汪的大眼睛，瞟了顺良一眼，回过头来"噗"的一口吹灭了茶几上的红蜡烛，叫了声"困觉"，就自己先脱鞋翻身上了床……

顺良小时候头上生过疮，留下了一块光秃秃的疤不长头发。他阿爸看不惯，就给顺良剃了个和尚头。小孩子们吵起嘴来，就在顺良名字后面加上"瘌痢"二字。顺良哭着去找阿爸，反吃了个巴掌，"哭个魂，又不是瘌痢，随他们去叫。"

其实顺良也不一定就是呆，只是人老实些，又不会说话。人啊，都是这样，越是老实，就越是被人欺负。这不，什么"瘌痢""木头""呆子"……都往顺良头上戴去。

"顺良"哎！"

桂花又在屋里大咧咧地呼叫，她瞧见顺良在白果树下那副模样，就知道那帮老家伙又在戏弄顺良了。桂花不由得在心里叹了口气，作孽！这大把年纪，还要替他操心。

桂花的嗓音变得沙哑了。不再像年轻时那么脆生生的，像铜板落进瓷盘里时发出的声音，好听极了。桂花年轻时，顺良经常要睡在店里值班，半夜里就常有人来敲桂花的门，白果树下时有压低嗓门的唤声："桂花……开开门！"叫得人毛骨悚然……桂花告诉了顺良，他也不多说话，从此顺良家就养起了一只凶狠的狗，断绝了半夜的骚扰。

山里人的日子过得恬静又缓慢，就像是个年迈的老人，被人拖着慢慢地往前移去。人们懒散地聚集在白果树下，寻找着话题，挥霍着光阴。昨晚白果树下那些声音，更是女人们鬼鬼祟祟的话题。

47

桂花瞧见了，知道女人们又在埋汰自己，心里气愤愤地骂道："这些猴脸猢狲，也配来老娘头上动土，不撒泡尿照照，又有几个是干净的？"但桂花脸上照样笑眯眯的，她随手拿起门边放着的赶鸡棒，边赶边用她那脆脆的嗓子骂开了："哟！该死的鸡婆娘，又在门口拉屎了，死回去拉个够，别弄脏了人家大门。"

白果树下响起了男人们的哄笑声，大家都知道桂花心灵手巧伶牙俐齿，谁要是敢接嘴，桂花准会立刻又冒出句什么话，叫你无法抵挡。

女人们不敢回嘴，朝着男人白白眼睛，只好自认晦气。

白果树下的这种暗暗较量，只有顺良一点儿也不知道，他照旧值他的班，白天倒是常在家，帮桂花做这做那。直到阿四生下，店里盖了宿舍，有人住了家，顺良才天天回到家里和妻儿们住在一起。顺良大儿子是招进供销社的正式职工。老三，十六岁那年高中没考上，待在家里，整天寻着桂花要出去做事。桂花心里烦，到了晚上，她用手肘撞了撞快睡着的顺良，低语道："喂，老三要进厂，你想想法子呀！"

顺良咂了咂嘴，含糊说道："姑娘家进啥厂？咱争不过人家。"又迷迷糊糊睡着了。

桂花赌气地死命翻了个身，把一个光滑滑的背脊掼给顺良。"呆子！"桂花轻轻地骂了一句。

桂花在嘴上埋怨男人是呆子，但从来不会在家人和外人面前叫唤。但事实上如果顺良真的要比她能干聪明，那桂花又不肯了。她这个人就是这个脾气，不要说在家里说了算，就是偌大个村子，她也不肯让谁几分。就像门前那棵白果树，直挺挺的，强硬得很。

不出一个月，老三果然就进了乡里最大的那家厂。这天晚上，顺良悄悄买了两瓶中档特曲，去老丈人家，和老头子喝了半瓶酒。

当然，这都是过去的事了，现在老三早就离开了厂，顶了顺良的职，户口也成了农转非。顺良家的小店开张后，白果树又哗哗地换了四回叶儿。这期间，顺良样样都听桂花的，他把小女儿阿四和大儿媳带出山，桂花就不要他在店里凑热闹了。说老头子在店里碍事，顺良闲来无事，一大早就捧着那把紫茶壶，乐呵呵地挤在白果树下的人群里。

同一辈人见了，便说："顺良癞痢，好福气呵！"顺良听了，便抬起光头，朝着人家笑嘻嘻地点点头，随便搭讪几句，脸上是一副心满意足的样子。

顺良的确成了享清福的人啦，桂花撑着家中的一切，店里有儿媳妇和阿四操持，老二开着自家的"奇观"牌小货车负责进、送货，老大和老三都是正式职工，他才五十八岁，身体还健壮得很呢，又有退休工资。什么也不用他操心，桂花叫他只管等着抱孙子吧！

顺良心里早打定了主意，今后还是都听桂花的，保对！他大口吸着茶水，慢慢让它流进胃里。那山茶苦中带甜，后味浓浓的。那茶水吞在喉道里润滑极了，就像门前那条小溪里，潺潺流淌着的清凉的山水。

1991 年

春 囡

大门又被谁在轻轻地拍打着，断断续续地发出低沉的叩门声。显然，半夜三更这么鬼鬼祟祟拍着年轻女子的家门，来者肯定不是善良之辈。

叩门的声音虽然很轻，但春囡还是立刻被惊醒了，她一下子从床上坐起，憋着气，紧张地听着大门外面的动静。

发生这类事情已经不止一次了，可春囡心里仍有些害怕。楼下电灯的总开关就装在床边，她知道只要自己伸手一拉，楼下面所有的电灯全都会亮起来，电灯一亮，那只睡在堂前的大黄狗就如接到命令一样，飞快地钻出大门，凶猛地扑向夜间的不速之客。

春囡这样安排一来是为了给自己壮壮胆，二来也是为预防万一，一个年轻女人独自在家，谁知道会遇上什么事呢？不过，不到万不得已，春囡是不会去拉那总开关的。她知道一旦事情弄大，睡在隔壁房间里的儿子就会被吵醒，他已十岁，开始懂事了。

丈夫被抓走的那年端午节，隔壁顺元就是趁他老婆带着儿子回娘家的机会，半夜三更从隔墙上翻了过来，死命地压在她身上，要不是凭着力气大，拼命将他打了出去，还真的要给人家占了便宜。

那天晚上春囡又气又伤心，但也不能哭出声来。她开亮电灯，独自坐在床上暗暗淌着泪水。唉！都怪不争气的男人，赌了又偷……自己坐了牢房，家里穷得连住房都是借人家的，大门一关，中间那堵短墙能挡得住人家？

第二天，春囡回到娘家痛哭了一场。阿爸喝住了要出去骂人的阿妈，自己却一声不哼地抽着闷烟。最后，阿爸站起身来，使劲推了一下椅子，笔直地朝睡间走进去，在里面翻弄了一会儿，出来对春囡硬硬地说了一个"走"字，便头也不回地朝屋外走去。

不知要发生什么事，春囡有些担心，她看看阿妈，阿妈低着个头也不吭声。春囡不敢违抗，只好慢慢地跟在阿爸后头。

阿爸独自坐在村长家的堂前矮凳上吸着烟，春囡靠着大门站着，大家都不说话，村长心里纳闷儿，他看看阿爸，又朝春囡看了一眼，意思是在问："啥事儿？"春囡心里没底，不敢多说，就急忙低下头。过了一会儿，阿爸才将烟头在鞋底上弄灭，站起身说："炳泉，村里的两间谷仓就卖给春囡吧。"

村长有些吃惊，他眼睛盯住春囡，嘴里像是在自言自语，"田反正分了，谷仓是要卖掉，不过……要五千块呀。"

村长话刚说完，阿爸就站起身来，从口袋里掏出一个布包，端端正正地放在桌子上面。"给，这是三千块，另外的给春囡记上，分两年还清，行不？"

春囡大吃一惊，太意外了，阿爸叫她来原来是来买村里的谷仓呀，等到阿爸把钱掏出来，她才想起这钱是给兄弟今年结婚准备的。这怎么能行？全家凑了几年，一共就这点。

"阿爸！"春囡心里十分着急。

阿爸狠狠瞪了春囡一眼，然后伸出一双手说："炳泉，两年还清，我用这双手做抵押。"

这是一双布满青筋的大手，它们曾经是村里挣最高工分的手，无论是农活儿，还是泥水木工，在阿爸手里，就如同书法家写字，那么得心应手、自由自在。凭这双手，谁还能说什么？就这样，春囡搬进了谷仓，弟弟推迟了一年才结婚。

大门外面那轻轻叩门声早已不响了，也许是那人觉得无望便悄悄地溜了。呸！那种野男人也会害怕？春囡想着心里觉得好笑。哼！贼人也不过就这点偷偷摸摸的本事。春囡一点儿也不觉得困，她感到有点热，便打亮台灯，推开盖在腿上的毯子。灯光下，丰满结实的身体十分优美，春囡突然发现自己还很年轻，是呀，她才三十岁，这个年纪对一个女人来说正是好时光。

春囡的脸上一阵红热起来，她悄悄地向四周瞟了一眼，胆怯地欣赏她那几乎是裸露着的身体。淡黄色的灯光轻柔地照亮了春囡全身，微黑浑圆的双腿长得十分姣好，在灯光下细腻又有光泽，这哪像是农村少妇的一双腿，简直就是两根用玉精雕出来的艺术品！再看胸前，一对圆鼓鼓的奶子十分顽强地往上耸着，显得很有生机。在春囡身上，生命就像一股不断射出的光芒，使得她的整个身体，像是被一种自然的、旺盛的光环所环绕。

春囡自由地伸展了一下双手，她知道自己长得很美，她用手慢慢地抚摸着双腿，她突然像受到什么委屈一样，心中一阵忧伤。她轻轻地叹了口气，两眼呆呆地望着床顶，唉！她心里既气又恨，都四年了，不争气的男人现在能回来多好，她是多么需要他。家境好了，春囡却反而更加思念起丈夫来。还得等两年，这日子难过呀。上半年丈夫来信说，他表现好，可能会减刑提早放回来。何时能回家？愿菩萨保佑他吧！

谷仓买回来第二天，阿爸就带着姐姐、姐夫，还有兄弟一起来了。大家忙了一星期，围墙打了，楼上楼下房间隔好，猪棚鸡圈也都盖齐。这天晚饭时阿爸说："春囡，阿爸老了，只能帮你这一回，现在国家形势好了，你年纪轻，又有力气，咱们务农人不偷不抢，得靠自己的双手勤劳吃苦。"

春囡哭了，她一夜没合眼，思量了一个晚上，她想着睡在身边的儿子，又想着在他乡牢房中的丈夫。看着这四壁空空的房子，春囡在心里对自己说：这命是认了，但这穷就是不能认。

第二天一早，春囡把儿子送到娘跟前说："姆妈，再帮我一次，儿子中饭让他跟着你，晚上我会来接的。"春囡一人去了镇上，卖掉了结婚金戒指、金项链。回家养起了八头小猪，一头猪娘，十二只羊，二十只鸡，加上分来的两亩田。春囡起早贪黑，一个人闷着头忙着做活儿，除了回娘家领儿子，什么地方都不去，也不跟别人多说话。姆妈含着泪，眼睁睁地看着女儿一天比一天瘦，阿爸整天不讲一句话，烟比往常抽得更多了，村上的人背后都在说春囡"疯了"。

可是，春囡第一年就还清了债务，第二年帮兄弟办了婚事，到了第三年整个屋里也就光亮起来。春囡日子过得火热，村子里的人都红了眼，也学着春囡一样发起"疯"来。

阿爸的脸上舒畅了，烟慢慢抽得少起来，大家都松了口气，春囡脸上又红润起来，当然她还是那样漂亮，笑起来甜甜的，很迷人！惹得男人们都悄悄地偷看她。

门外又响起敲门声，这回既急促又沉重，春囡这回可真急了，她赶紧披上衣服，急忙拉上床前电灯总开关。楼下，整个房院都被灯光照得通亮，堂前的大黄狗立即窜出门去。

奇怪，大黄狗今晚为何不叫了？

是阿爸？对了，是阿爸在叫门，出了啥事？

"春囡，你看谁来了？"

是他？！……春囡吃惊地看了他一眼。

在满屋生辉的堂前，丈夫羞愧地、胆怯地站在阿爸的后面，手里提着个大包。他偷偷地瞟了春囡一眼，手里的包刚想放下又急忙提起，好像不知道是不是应该将包袱放下，此时他的两只眼睛显得很慌张，简直不知道应该往哪里看，最后只好看着春囡的双脚。这种神态就像穷人站在债主面前一样，叫人不忍心多看。

"阿爸！"春囡一阵心酸，她叫了一声，便一头扑在阿爸身上伤心地哭了。大黄狗紧紧地贴着春囡的腿站立着，两眼盯住那个半夜突然冒出来的人，嘴里发出呜呜的怪叫声，它是要冲出去驱赶那个不速之客？还是该站在女主人身边尽到保护责任？

1993 年

福根老伯的烦恼

  江南农村的隆冬，浓霜就像一层细细的白雪，严严地将空旷的土地覆盖住，淡淡的薄雾在村口、池边飘浮缭绕。荒芜的田野里是那么寂静，偶尔有几畦油菜，全像散了骨架似的，在浓霜狠狠地打压下全都紧紧地趴伏在地上。肥沃的土地，它们全都在等待，等待春天来临，等待土地的主人给它们换上新装。

  大清早，福根老伯慢悠悠地朝二女儿家走去，一身厚厚的棉袄，再裹上一件去年儿子给他弄来的军大衣，这一身冬衣把他裹得圆圆的，再加上一颗焦黄色的精瘦脑袋，远远望去活像一个长圆形的老南瓜。他用两根有着粗大骨节的手指，夹着根纸烟，一边走一边不断地往嘴边送去。他现在还不习惯用两根手指头夹着烟吸，两年前，他那根用了几十年的马鞭烟杆，被儿子扔进了灶里。现在也只好夹着吸那种不带嘴的"西湖"纸烟，两元钱一包，福根老伯怪心疼的。

"阿爸，早饭还没吃？"

女儿端上一碗冒着热气的嫩豆腐，再加上点小葱、酱油、味精，吃起来口感嫩滑、鲜美。给老人当顿早饭还真不错，难得女儿一片孝心！

女儿一早要做二十来板豆腐，可挣几十来块钱。世道真变了，庄稼人也做起了生意，农民也可挣大钱。大家都可做生意，那公家店里的人吃啥呀？

"油菜田里的泥还没上。"父亲求救般地看了女儿一眼。

"哼！务了一世农，还嫌不够？种不动，荒掉吧，现在谁还靠土地吃饭？"

女儿真像她妈，说话时手中活儿都不会停。女儿说的都是实话，农田里辛辛苦苦忙了一年，收成还不及人家做一趟生意的钱，大家日子都好起来了，谁还种什么田！福根老伯越想越烦，他坐在女儿家的竹椅上犯起愁来。

土地不种庄稼种什么？福根老伯跟土地打了一辈子交道，再推上去，他爷爷的爷爷也都是务农人，他们世世代代都没有离开过这片土地。新中国成立前是自己没有土地，租地主老财的地种庄稼，眼下有了土地，却对着这块土地发起愁来了。

1950 年冬天土改时，福根老伯家分了三亩田地，他们全家高兴得睡不着觉，福根与他父亲干脆起床，二人一夜间就将土地翻了一个身。冬种油菜夏种粮，到了秋天稻谷交了公粮卖了余粮，看着堆在家里的稻谷还愁着吃不完。1983 年大承包时，福根又承包了两亩田，他激动了大半夜，坐在床上和老太婆合计着土地上种点什么。难怪老太婆说他是"土痴"。可现在这二亩田，儿子不肯种，自己又种不动了，怎么办？

唉！老了，年纪不饶人。1958 年公社办小高炉，守着高炉 3 天 3 夜不睡觉，等回去只睡上半天，起来吃口饭，还不是照样拿起锄头下地。大家都说我福根筋骨好、力气好，好什么好呀？三十刚出头的人体力自然好。

我只知道人老生不出孩儿，土地哪里会老，还怕长不出庄稼？大家怎么都不种地了？这世道真奇了怪了！唉！你们懂什么？庄稼人不务农，吃苦在后头。

真浑，不争气的儿子，不务正业，快三十的人啦，老婆都不要，却借钱去买车跑起运输来了。这儿子，竟然也玩起这种危险行当！唉，都怪老太婆太宠儿子了，不过也难怪她，都有四个女儿了，快到四十了才生了个儿子，不宠才怪呢！什么事都依着他。小子连抽的烟都是外国的，怪味道，还要几十块一包。真想不通，家里的两层楼新房怎么给这小子盖起来的？

1961 年算苦了，儿子刚两岁，三年困难时期，那几年田里就是长不起庄稼，真少见！一家七口人撑总算撑过来了，要不是他城里的干娘送来二十斤粮票，儿子也不会有今天。对了，明天叫儿子开车把干娘接来住几天，也好和自家老太婆商量商量儿子的婚事。

土改分的田比现在这块差多了，几十年料理下来，土地变好了，平整、墨黑，用水泡上几天，人站上去像踏在糯米年糕上一样，这么好的田不种粮食真可惜！

大女婿最老实，准肯来帮几天。他家人口多，劳力少，稻谷又不值钱，这个家也真难为他了。

现在的人胃口也真小，嘻嘻，小伙子只吃一碗饭就够了，比我福根都不如。嘿嘿！也难怪稻谷这么不值钱。

大发、金狗都去了，金狗比我小十岁，六十刚出头。真空！前二十年还是正劳力，一天做二十多个工分。唉，人走了，一把火一烧，统统去了，连口棺材都没有。

金狗的儿子总算给生着了，小毛比他老子金狗能干，一个人种十多亩田，用拖拉机耕地。不过，也不发，房子才刚造好，还背了几千块钱的债。

1956年发大水，村里房子冲倒不少，村上忙了两年，又造起了不少，但都是草舍，只有村长生荣家是三间瓦房，泥墙，石灰粉过。

生荣也老了，早不当官了。他现在发了，盖了三层楼房，自家一楼开了加工厂，算一户"老富"，家里一台彩电就值二十间草房。现在钱来得真容易！我福根务了一世农，三千块钱都没有在手上拿过。

今年早稻种不种？现在的人都喜欢吃晚稻米，再这样下去国家也要不收早稻谷了。明日要不要叫小毛来帮帮工？儿子女儿都不肯，死要面子。听说明年小毛也不种水稻田了，要去跑运输。稻谷要吃化肥，化肥买不起。喷！喷！连庄稼都要吃高级货了，1952年那会儿我用几担粪，田里的稻谷照样长得笔直。

晚上，老太婆当着儿子的面又在饭桌上唠叨起来，"好愁不愁，二亩地也值得你愁？明年油菜籽不生，买市价油，田不种，吃议价粮"。

哼，没大没小，好在儿子只是笑了笑，推过来一条不带嘴的"西湖"。这小子怎么知道我的香烟只剩下两包？肯定是老太婆说的，"多嘴"。福根老伯呷了口酒，轻轻说了声："又是二十块呀。"

第二天中午，福根老伯的两亩油菜地，不知是谁已经去翻过了，黑油油的碎泥块均匀地盖在嫩绿的油菜旁，阳光下，油菜苗都抬着头，显得很有生气。

1990 年

弥留之际

一条省级公路为界，将小镇划分成东西两块。西面原是两座小山丘中间的一片狭长高低不平的土地，有水田、池塘，有一条从远处深山里流出来的弯曲细长的小溪沟，还有一片长满野草树丛并堆有几座久远坟堆的荒地。直到 1990 年，这里才开始慢慢破土兴建。没有几年，银行、大商场、酒楼、电影院、文化宫、宽阔的大道旁一幢幢别具一格的高楼住宅区，这情景就像画家笔下的美图，奇迹般地飞到这块土地上来了。就连两边的小山丘，一边修建成环山公园，另一边也改建成了小学、中学、职高的校区。人们开始往西面新区涌去，夜晚，万家灯火通明，闪烁的霓虹灯把新城区照得更加繁华、热闹。

省公路的东面就是一条老街，也不知是什么朝代建起的，有人说是建于唐朝，或者更久远，没有考证过，反正时代久了，古老得很！破旧肮脏的土屋拥挤在一条不到二米宽的细长而狭

61

窄的小街两旁。小街两旁的破旧房屋中开设着几家生意冷清的供销社商铺，还夹杂着居民在自己家里开的小吃店和卖着各种零星商品的小摊。自从公路西面红火起来后，这条本来就冷清的小街，就变得更加寂寞、贫乏、毫无生气。

皮匠阿三的两间小木屋，就歪歪斜斜地挨在小街东头的埠民桥旁，它破旧、丑陋，既黑又粗糙，简直不值得一提。自从皮匠阿三患重病后躺在这间破屋里快半年了，除了他那位身子枯瘦羸弱的妻子，每天哼嗦着从那个黑木门洞里摸索进出几回外，剩下的就只有几位和阿三差不多年纪的老人，偶尔从小木屋进出几趟看看阿三。年轻人根本不会光顾这间肮脏破旧的小屋，就是阿三的两个宝贝女儿，也只是匆匆来过几次。人们早已忘记嫌弃他们了，就像早已忘记嫌弃的破旧、打着补丁的衣服一样。

不过，这人世间的事情，有时也真叫人捉摸不透。这不，一大清早，古老的埠民桥旁，在皮匠阿三肮脏破旧的小木屋前，三人一撮，四人一堆，聚集了本老街上的大部分居民。能弄出这么大动静来，这绝不是奔着皮匠阿三来的，他们也绝不会去探听皮匠阿三的病情。人们在紧张地交头接耳轻声议论，眉飞色舞地争论着，仿佛这座古老的埠民桥有了重大的考古发现，好像在皮匠阿三这两间破旧的小木屋下面，埋藏着古代皇帝的墓穴。

就在昨晚镇上的有线电视里，播出一条重要新闻："据省城来电推测，去年有人在本地区买的一张住房奖券中了特等奖。但至今中奖人仍未去领，奖券号码是：95738664。"如月底前再不去领，就只能作"无人废票"处理。

啧啧！这可是一张能使人一夜之间就跨入富人行列，价值50万元的巨额奖券！这在当时可是一个天文数字，这条新闻就像一枚炸弹，炸得小镇上的人们折腾了一夜。

皮匠阿三的大女婿长得肥胖，挺着大肚子，圆圆的大脑袋上架着一副金丝眼镜，别看他行动缓慢，可是一个十分精明厉害的人。他是某公司的大会计，昨晚他就仔细分析过：第一，皮匠阿三去年就买过这样一张住房奖券，这是他的姨妹亲眼所见。第二，除了皮匠阿三，本地区没有人会买了奖券而不去兑奖。所以他断定，他的老丈人皮匠阿三买的那张奖券，绝对就是至今未去领的那张幸运奖券。所以一大清早，皮匠阿三的两个女儿女婿，破天荒地赶到这间破旧肮脏的木屋里。这个消息又像一枚炸弹重新落在这小镇上，让镇上居民的心脏又一次被震得颤抖。

这个如今已一文不值的皮匠阿三，一时间变得举足轻重，好像一夜间突然成了明星，成了小镇上的头号新闻人物。而且，命中注定，在他生命弥留之际，将一定不会得到安宁！

皮匠阿三终于又从昏迷中醒了过来，他想睁开眼睛，可眼皮不听使唤，无论怎样都使不上劲来。他隐隐约约听到了妻子的哭泣声。

阿三恍惚觉得自己又回到四十多年前结婚那天，轿夫们吹吹打打，那顶小小的红轿子在埠民桥上摇来晃去的，让他看得头昏脑涨，晃得他晕头转向。他终于看到了那个盖着红头巾的娇小妻子，慢悠悠地被人扶着跨进小木屋。新婚之夜，当妻子的红头巾被扯下，阿三看到妻子那双噙满泪水的大眼睛，阿三愣住了。两间破旧的小木屋，一副肮脏的皮匠担，他的妻子命中注定要在这里，跟皮匠阿三穷苦一辈子。阿三第一次感到了内疚，说不出话来，只能默默地站立在妻子身旁……

瞧这个皮匠阿三！此时大家把他当个宝，他的大女婿还专门请来了医生，只是盼着他能睁开眼睛说句话，哪怕就几个字也行。可他老人家倒好，不死不活地躺在那儿，好像在故弄玄虚，就是不肯开口说话。站在皮匠阿三床边的大女婿实在沉不住气了，这样等下去，要等到何时？他推了一下一旁站着的医生说："再给他一针？"

"不行呀，要出事的，还得过些时候！"医生摇摇头。

大女婿又焦急地对妻子说：

"你们快叫！"

阿三听到了女儿们在远处呼喊他，心里一惊，猛地撑开了眼皮。

阿三终于看到了一旁坐着的妻子，妻子如此衰老，就像一段枯老的柳树干。在那双红肿苍老的眼里，流露出无限的悲伤、忧愁和无奈！阿三一阵心酸，他想安慰妻子几句，可就是一个字也讲不出来。泪珠慢慢地从阿三的眼角流出，妻子伸出干枯的手，颤抖着轻轻擦去阿三脸上的泪水。

"阿爸，奖券呢？"小女儿惊喜地附在阿三耳边，大声地呼问着。

奖券？阿三听到女儿的呼喊，心里迷迷糊糊的，女儿在说什么呀？

"你去年买的那张住房奖券，放在哪里啦？"大女儿一边用力地对父亲推推搡搡，一边又一字一句地对着父亲的耳朵大声说。

什么奖券？他看到女儿们这么紧张焦急，就拼命地回想，他恍惚记起了去年是花了十块钱买过一张奖券，为了这事老太婆还责怪他大手大脚。

"阿爸，奖券在哪儿？你说句话呀！"女儿们哭叫呼喊着。

阿三听到女儿的哭叫声。奖券怎么啦？真是，不就是十块钱吗？跟她妈一样！放在哪儿啦？阿三心里嘀咕了一阵，觉得昏昏沉沉，眼皮实在没有力气再撑开了。

阿三呀阿三！你可不能不说出奖券下落就走呀，女儿亲戚们天不亮就赶过来，花了这么多心血，为的就是等着你说一句话。就是一大早就站在外面的那些人，也都在等待着奖券的命运！

小木屋里除了阿三的老伴所发出的沙哑哭声外，好像静止凝固了一样，所有人的眼睛都眼巴巴盯住阿三的脸，他脸上哪怕是一个微小变化，这些人都要认真审视，一定要弄清楚它的含意……屋内的这种庄严的气氛，这种焦急的心态，深深的渴望神情，着实令人感动和起敬！

阿三虽不能动弹，可心里面还是在想着女儿问的奖券的事，他记起了很久前的一件往事。那年家门前的小溪涨水，黄色的泥水里不时有小鱼翻着肚子浮出水面。两个女儿开心地站在溪边观看，大女儿突然蹲下伸手去捞水面上的鱼，不知怎的一下子掉进了溪里，小女儿也是哭喊着跑进屋里，皮匠阿三什么话也没说，冲出屋子跳进溪里，水很急，大女儿已经被冲出很远，皮匠阿三虽然不会游泳，但他在水中奋力扑打，最后还是抓住了女儿，好在溪水不深刚齐头颈，皮匠阿三把女儿顶在头上，才将女儿弄上岸来。此时，他虽不明白它们为什么对那张奖券如此重视，但看到两个女儿都这么着急，就仍拼着所有力气，极力回想存放奖券的地方。

终于，阿三拼出全身最后一丝力气让嘴唇微微动了一下，吐出了一个轻得不能再轻的音："披……"

"疲？！"大女婿耳朵特别灵，他大声重复了一遍。

这个音也传到了屋外，在小木屋外面的人也跟着纷纷议论起来。

唉！你这个阿三，这么多人等了你老半天，你老人家却扔出这么个字来叫人猜。

阿三再也没有力气开口说话了，在那颗仍在微弱跳动的心里，只剩下对妻子的思念。他知道自己要走了，自己走了，老伴怎么办？女儿会同意接她过去住吗？他担心下雨打起雷来老伴害怕怎么办？他担心下雨天妻子怎么过埠民桥头去接自来水，他真后悔前年为什么心痛那两百块钱，不肯在家里装上自来水。

"披"字音看似简单，但在这种场合要猜出它的含义来，也确实是苦了这些女士先生们了！

别看大女婿臃肿肥胖，行动缓慢，但就凭他鼻梁上那副深度眼镜，就知道他板眼深得很呢！你看，他沉着地坐在方桌前，吩咐妻子找张纸来，皱起眉头想了一会儿，拿出身上的笔就先在纸上面写出一串"披"的同音字：疲，脾，啤，皮，屁……他看着字又沉思默想一番，然后慢吞吞得意地从这些字中挑出了"皮"和"屁"两字。

你看大女婿厉不厉害！"屁"字，按本地土话就是放屁，就是"什么都没有或什么都不是"的意思。拿眼下的事来说，就是说根本没有奖券这回事，或者已经把奖券扔了。这不可能！老丈人为人老实善良，从不说假话，为别人想得多。再说就眼前这情景，就算没有奖券，老丈人也大可不必费这么大的劲，挤出个"屁"字来，他完全可以轻轻摇一下头，或者闭一下眼来表示一下。所以，这个"屁"字完全可以排除。

而"皮"字就不同了，老人一生跟皮打交道，是他接触最多，也是最熟悉的字眼。家中就有很多带"皮"字的东西，如皮箱、皮包、皮鞋、皮夹、皮沙发等。老丈人拼着命吐出个"皮"字来，无疑是想告诉女儿，奖券放在皮的什么里面了。

大女婿精辟的推论无可非议，获得了女儿女婿的一致认可。于是，他们就如一群专吃"皮"的蝗虫，无情地撕食着这所破旧肮脏的小木屋里一切带"皮"的东西！

小木屋就像刚被暴风席卷过，满地一片狼藉。那只旧皮箱就像只被撕破了的风筝，只剩下一副架子，无聊地躺在堂前的方桌上。摆在堂屋里的一对仿真皮沙发全部被拆散，早已不复存在，皮包、皮夹已成为碎片，撒得满地都是，老人唯一的一双皮拖鞋也被一层层撕开！屋里的一切带"皮"的物件都已被消灭，可奖券在哪儿呢？

令人难堪的沉默……

　　大女婿默默地站在屋中央，他并不甘心这样的结局。这时他根本不会去考虑老丈人家已经被损坏得不像样子，更不会去担心就要离世的皮匠阿三，他着急的是钱，是这张五十万元的奖券究竟放在什么地方。分明是在说奖券放在"皮"的什么里面，根据皮匠阿三的性格，他坚信自己的判断不会错。他用眼睛仔细地一遍又一遍地搜索着屋里的每一个角落，最后，他把目光停留在那只早已翻倒在地的工具箱上。这是老丈人外出做活儿的皮匠担，上面的三层抽屉已全被拉掉，只剩下最下面的一层被抽开了一半，仍留在皮匠担上。

　　"皮匠担！"大女婿心头一亮，他激动得都不能呼吸，心脏在剧烈地跳动，感觉似乎要昏过去了。他赶紧走到皮匠担旁用力一拉，把皮匠担最后一层抽屉拉了出来。抽屉里面是空的，什么也没有。一层早已干结的胶水，把一只翻倒的空胶水罐牢牢地粘在抽屉底板上。大女婿看到抽屉是空的，惊呆了，心想这下完了。可他不甘心，仍在抽屉里面仔细地查看着，突然，发现在胶水罐下面好像有什么东西，大女婿心里一热，小心地将那空罐掰了下来。这下他感觉心脏好像突然停止了跳动，全身的血液似乎都凝固住了！因为在一层薄薄干结的胶水下面，不就是他朝思暮想、费尽心血要找的那张奖券吗？

　　"找到了！"大女婿也不知哪里来的精神，也不顾及他从来都十分注重的形象，竟然像狼一样突然号叫起来，小木屋里的人听得一惊，随后就兴奋激动地相互拥抱在一起。

　　这幸福的声音传到了屋外，埠民桥也沸腾了！这半条细长而狭窄的小街也顿时热闹了起来，大家既是高兴，又是羡慕，更多人心里充满了妒忌，心里面都觉得怎么连皮匠阿三这样的人也有这种好运气？等到小木屋里人们清醒过来时，大女婿才发现胶水下面的奖券只有半张，上面清清楚楚印着末尾的四个号码"8664"，奖券前面另外半张却不知去向。大女婿把那个胶水空罐放到眼前，仔细地查看上面干结的胶水，一层透明的老黄色胶水里，什么都没有，天，那半张奖券会到哪里去了呢？

唉！老天真会开玩笑，好像特别喜欢跟穷人开玩笑，费尽了心思却只得来半张奖券，另外半张呢？幸福就像躲在云里的月亮，刚露出了脸，却立即又被乌云遮蔽了。

怎么办呢？幸福就在眼前，却可望而不可即。小木屋一下子沉静了，就像时间突然停止了前进，将小木屋内的一切都定格在原来的位置上一动也不动，就像泥塑木雕一样，没有半点儿生息。这是多大的打击呀！五十万元，这是多大一笔财富，买一幢别墅也花不了十万元。这五十万元对皮匠阿三的两个女儿两家来说，生活是绝对会发生质的变化的。

"走，去奖券购买点！"还是大女婿有主意。大家蜂拥着皮匠担上的小木抽屉和那只空胶水罐，直奔奖券购买点而去。

人都走光了，埠民桥又恢复了往日的宁静。皮匠阿三破旧的小木屋里，这时的地面上到处都是散乱拆散的家具，显得狼藉不堪，像是被狂风暴雨吹扫过一样。皮匠阿三的思路已经变得十分模糊，他艰难地吐出了他这生最后的一口气。阿三那位年老的妻子孤独无助，她望着阿三那张惨白干瘪的老脸，悲惨地扑在阿三的身上伤心地哭泣着，枯瘦孱弱的身躯随着哭泣声，一上一下地抽搐着。可是，皮匠阿三再也不能听到妻子的哭声了！他已经走了，而且，已经走得很远很远，再也不能回来陪伴可怜的妻子了……

1995 年

鹊　窝

　　省西北的玉珑山久负盛名，山虽不高，但山岭连亘却有上百公里。它所引伸出来的大大小小的山脉则覆盖着两省好几个市县，方圆也有几千平方千米。玉珑山脉靠东面在无数崇山峻岭中有一座山岭，从它最高的山峰到地面垂直算起，高度也不到千米，因为从远处看去山岭弯而尖很像只牛角，故取名牛角岭。柳溪村就在牛角岭的山脚下，在那些郁郁葱葱的峻岭中，一条山溪从群山中流出，那条走了不知多少年的山路，紧紧伴着溪水而行。如果从高空往下看，就像两条黄、白不同颜色的蛇从西向东做伴并行，它们在村口突然向右转了个弯，又沿绕着柳溪村一直向东流去。溪水清澈甘甜，溪岸两边长着一株株年代已经很久的水柳树，柳溪村因此得名。山村景色秀丽幽静，山外的游人走在山村的小路上时，更是有一股浓浓的诗情画意扑面而来，让人身心舒畅，倍感亢奋！

这里景色、空气都好，就是田地少了些，山里除了种些玉米、番薯和少量水稻外，就是山坡上的茶叶、毛竹，其他也就没有什么出产了。柳溪村这么多年来，说穷并不是太穷，但总是富不起来。村里上百户人家，时下也只有几个大户，他们头脑灵活，都是靠做假山盆景、茶叶生意才发了家。

周石根的家就在柳溪村最东口。这时的他正站在自家院子门口生着闷气，今年从立夏到冬至柳溪村就是没下过一场像样的雨，干燥的天气让溪里的水都见底了，溪底只剩下大大小小的鹅卵石，看不清楚的山水只能在石缝隙中间挤着一丝丝溪水流向溪底的一个个小水滩。周石根看了看没有一丝云的天空，用力跺了跺脚，顺口轻轻骂了一句："唉！倒灶天气！"干燥缺水，他地里种的那些蔬菜恹瘦瘦的，到市场上肯定是卖不出好价钱。今年他家里还养了两头猪和六只羊，也是瘦饥饥的，原本打算今年能弄个二三万元的，看来又要泡汤了。这是他生气、心里烦的真正原因。

周石根今年六十出头了，全身清瘦，虽气力大不如从前，但身子骨还算硬朗，挺直的腰背看上去还是显得很有精神。他为人和善又肯帮别人忙，所以，村里的男女老少见面都客气地叫他石根伯。勤劳致富，这话要分开来说，勤劳的人不会饿肚子，但要富起来总是要能找到发财的门路。石根伯不笨，他有自知之明，知道自己没有文化、技能，更不是什么做生意的料，就只能种点菜、养些家禽，拿到镇上农贸市场去换点钱。他家倒不是担心日子不好过，只是儿子都二十七了还没成家，姑娘差点的儿子看不上，好的姑娘又瞧不上他，儿子的婚事真让他和老伴儿寝食难安。

　　家里的三间老土房，还是当年自己结婚老爸帮助造的，不要说儿子，就是福根伯自己也是常常对着这几间破房子发呆……"都什么年代了，这破房儿子能娶媳妇？"造房、儿子结婚，这两件大事都得花大钱，没钱怎么办？每逢这时他就羡慕住在靠城市边的农民，他们根本不需要花多少心思和气力，只要等你的土地房子被征用拆迁了，政府就又给房子又给钱，一夜之间就变成富人了！这山里山、弯里弯的，哪个冤大头会到这里开发？没有这个命，也就不妄想有这个福。

　　石根伯心里觉得对不起儿子，人家有钱有车又有新洋房，但他没有这样的本事。唉！自己天生就是这么个货，文不能上堂，武不能上场，只凭着点力气，守着父辈留下的院子，过着平常日子。老伴儿总是怨自己命苦，嫁了个没用的老公，儿子虽嘴上不说什么，但心里也还是有点怨气，如果父亲能干，大半辈子过去了，家里还会是这等模样？石根伯虽忠厚勤劳，为人处事也还算得上精明，有时也会耍点小手腕，但最终还是敌不过那些头脑灵、思路活、会赚钱的人。他一家在村里、在乡里，就是在全国，说到底，也就是这么一家普通得不能再普通的人家。

　　人无远虑，必有近忧，小老百姓哪能有远虑？想只是想些眼前的烦心事。可世事难料就这么奇怪，有些事你琢磨得很透，想得头头是道，可到后来往往事与愿违，结果还是一事无成。有些事你想都不敢想、根本不可能的事，可莫名其妙地飞到你身上，让你一夜翻身，彻底改变了你整个人生！就好像冥冥中

鹊
窝

有一股巨大的无形力量，在安排着你的人生，让你根本无法摆脱。这种"宿命论"虽说要不得，但成功总是要有机会，一个人即使本事再大，如果没有一个表演舞台，又怎么能施展才华？

石根伯在院子里走前一步，抬头望望眼前这棵快有成人双手抱起来粗的白果树，寒冬中，这棵高大光秃秃的白果树，显得寂寞又无聊，从笔直上冲的树干半当中生出几根粗大树枝向四旁散开去，这一节一节大树枝引伸出许多小树枝，小树枝又生出无数根树丫、树杈，从白果中段开始，这些重重叠叠、杂乱枯黄的树枝树杈，就把白果树支撑成一柄巨大的坚固伞状。说起这棵白果树，还是石根伯他父亲在土改时分到地主两间谷仓后，种在谷仓门前的，不过那树刚种下不久，高不到三米、才小手臂那么粗，后来他父亲打了围墙，树才圈在院里面。石根伯和白果树一起长大，可石根伯快七十岁了，自己身子长还不到一米七，可这棵白果树却长成近三十米高的大树。白果树树大叶茂，夏天树上结满了果子，秋天满树金黄树叶，飘下来像一把把绸伞。这棵白果树在村里很有名，后来大家干脆把石根伯家叫白果院。

前些年社会上曾把白果树吹得浑身是宝，白果树和它的果子、叶子价格都疯长。有个外地老板特意赶到村里要出二十万元买下这棵树，石根伯把在城镇上班的儿子叫回来，全家思来想去，最后决定还是等等再说，硬把外地老板拒了回去。可现在大片大片的白果种起来了，有的地方还建起了白果树基地。真是人算不如天算，太多的白果树一下子又被贬得一文不值，现在，石根伯这棵白果树恐怕五万元都很难出手。都说做人要抓住机遇，可要到手的钱就这样亲手给扔了。那时卖掉这棵树，就是建一座别墅式楼房也绰绰有余，石根伯想起这件事就后悔得要朝自己脸上抽巴掌。

石根伯顺着树干往上看，上边那支粗大枝杈靠端中间的那堆用枯树枝编搭起来的巨大的鹊窝，他越看越不顺眼。树上面的鹊窝，是石根伯年轻时就有的，不过那时鹊窝不大，树上长了叶子下面就看不见了。喜鹊天天在头上飞来飞去，不时叽叽喳喳、喀喀喀，一番喜庆样子，看到它们，全家都很开心！石根他妈经常会偷偷在树底下撒些谷物给喜鹊吃，生怕喜鹊饿着，后来老伴儿接过婆婆的班，也常给喜鹊喂食。喜鹊也该是换了好几代了，树慢慢长得高大起来，这鹊窝也跟着变大。这几年，不经意间喜鹊突然看不见了，也许是前些年村里将门前的鹅卵石路修成了水泥马路，与外面的省公路相连，从早到晚，大大小小的车辆轰鸣声将它们吓跑了。

这几年高高的鹊窝没了喜鹊，风吹雨打，窝顶也被风吹掉了，只剩下大半个一堆稀稀拉拉的枯树枝窝了。一堆枯树悬置在半空，已经西斜的太阳光正照在它的上面，这样子要多难看有多难看，这情景看着还真有些败落和凄凉！石根伯想把鹊窝弄下来，可树太高够不到，又爬不上去，他对着鹊窝看着，突然眼前金光一闪，吓了一跳，忙用手掌遮着太阳光，又仔细对着鹊窝看看，发现金光是从鹊窝里射出来的。石根伯心里一惊，不对，鹊窝里面有东西！他朝四面看了看，静静想了想，是玻璃？不是，石根伯觉得光的颜色有点黄。是铜铁片？但又不对，生锈的铜铁片没有这么耀眼的光，难道是金子？石根伯也觉得自己有点可笑。但他还是跑进屋内，拉了老婆出来站在他刚才站的位子，让她抬头对着鹊窝看，一边问她："看到了什么？""看什么呀？"老婆摇摇头。石根伯着急地叫她再仔细看看，老婆也抬起手挡着阳光，仔细盯着鹊巢看着，突然说："看到了，有亮光！"石根点了点头连连说："对了，这就对了，这鹊巢里有东西。""会是什么东西呀？"老婆疑惑地望着石根。反正是闪着金光的东西，石根心里有些激动，他对老婆说："打电话给儿子，就说家里有事，叫他赶紧回来。"

　　石根伯的儿子叫周金龙，高考没中，就在镇上一家大公司上班，接到母亲电话只叫他有事赶紧回家，也没说是啥事。什么事呀？金龙心里也纳闷儿，不过父母亲平时一般也不会打电话给他，总之今天有事才会在这时叫他回去。他跟头儿请了两个小时假，骑着电动车急匆匆赶到家里。父亲看到儿子回来连忙将院子门锁上，悄悄把鹊窝里的事告诉了儿子。儿子朝着鹊窝看了一眼，不耐烦地对父亲说："你有病啊，要么脑子进水了，空头八脑在上班时把我叫回家。""鹊窝里有东西，你爸说可能是金子，你爬上去看看。"母亲看到儿子生气了，赶紧轻轻对儿子说。"有鬼呀！鸟窝里会有金子？你们想钱想疯了吧！"生气归生气，但父母亲都这样说了，也只好爬上去看看。

　　金龙爬到鹊窝旁，一大堆枯树枝他也看不见有什么东西在，父亲叫他把鹊窝拆了。他站在一根粗的树枝上，用绳子将自己身子绑在旁边的大树枝上，然后从上到下再去抽出树枝。鹊窝编得很紧，有些弄断了也抽不出来，才抽了几根，金龙已筋疲力尽。他努力再往上爬了点，在树枝上使劲踮起脚尖，朝鹊窝的底部寻去，"爸！"突然一声大叫，金龙惊呆了，惊得连气都喘不过来。这怎么可能？！他看到一支黄灿灿的金钗平躺在鹊窝底部！

"金龙，怎么啦？"父母亲在树下紧张地问。这时，金龙看到的东西让他激动得浑身颤抖，要不是事先把自己绑在树枝上，他这时可能会从树上掉下来！这时金龙不知哪里来的力气，奋力将右手伸到鹊窝底部，憋着气慢慢地将窝内那只金钗十分仔细地抽出，小心地放进滑雪衣胸前的内口袋里，然后又拉住头上面的树干，用力将身子再提高一点，仔细看清楚鹊窝里确实再没有其他东西，才慢慢爬下树来……

事情就这么诡谲，就像大白天说梦话，根本不可能的东西，却真真实实地摆在你面前。当金龙激动地从怀中摸出那金灿灿的金钗时，石根伯和一旁的老伴儿一下子就惊呆了，过一会儿，父亲和儿子只是激动得紧紧抱在一起，他们不敢喊出声来，只是在原地不停地用力蹦跳。而金龙母亲则是泪流满面，跪在白果树下不停地朝白果树叩拜，嘴里含含糊糊地念着："谢谢喜鹊，谢谢大树，谢谢菩萨保佑！"父子二人跳累了，石根也拉着儿子一起跪在树前，一家三口又都双膝跪地，朝着白果树虔诚地叩拜。石根伯首先想到这事要保密，便把手指放在嘴边，示意不要大声说话。全家悄悄回到堂屋里坐在方桌边，才仔细观察起手中的金钗来，这是一只精美的凤凰金钗，凤凰的眼睛镶嵌着一块圆圆的小红玉石，晶莹剔透、充满灵气。金钗凤凰飞展的双翅上也镶嵌着两颗红珠，光彩夺目成飘逸飞翔形；细长双腿自然优雅地向后延伸，栩栩如生，优雅又高贵；最奇特的是在凤凰嘴下还有根极细的金链子连着用薄金片精制装饰的花边套包裹着一块碧绿玉坠。整只金钗造形优美，精雕细琢，富贵华丽！金龙妈找来一块新的毛巾轻轻仔细地把金钗擦了一遍，金钗更是金光灿灿，那个玉坠绿得透明。围着这天上掉下来的金钗，全家处于一种极度欢乐和幸福的兴奋状态中。此时此刻，他们每个人的心中都涌现出各种奇怪的幻想。

"好东西啊！"石根伯看着放在毛巾上亮闪闪的金钗，深深吸了口气说。虽然他们一家从来没有看见过这类东西。说句不客气话，我们小老百姓，不，是我们共和国新的几代人，除了在影视剧、电脑上，或者在博物馆里看到过金钗，能有几个人见过这种真正的金钗？全家人除了惊喜、幸运外，也有一丝担心。金钗是从哪里来的？值多少钱？不用说这肯定是喜鹊筑窝时，当树枝衔来的，这窝在树上也有几十年了，至于金钗是什么时候被衔到窝里的更没有人知道。石根伯心里想：一只好一点的金戒指都要几千元，这金钗肯定值几万元！这对正急需要用钱的石根伯家来说，真是雪中送炭！但要把金钗变成现金，心里不舍得不说，到哪里去卖？能卖多少钱？这些问题自然心里不知道，要把金钗去兑换钱还真是个难题！全家商量了半天，还是石根伯老到，他说："这事要绝对保密，万一让别人知道了，也只能说是祖上传下来的，绝对不能说是喜鹊窝里捡到的。"他又想了想，就叫儿子再上树去尽量将鹊窝弄成原来模样。这时金龙却说，他们公司办公室里有个叫张莹凤的姑娘，听说她父亲是在省城金饰店退休的，她爷爷在旧社会是珠宝店老板，他们肯定识货，先拍张照片，请她父亲识识如何？石根再次想了会儿才对儿子说："你就说'是朋友想叫你家爷爷识识货、估估价'。"天快黑了，金龙妈要去烧晚饭，金龙跟父亲忙着去修喜鹊窝了。

这一晚石根伯一家注定是不平静的一晚，明明是想都不敢去想的事，却偏偏发生在他们家里，是父母对喜鹊有恩，它们来报恩的？还是祖上积德，真有老天开恩前来帮助他家？但不管怎样，他家真真实实地从天上掉下了一个金娃娃！晚上，石根坐在床上独自暗暗盘算着：这金钗是在自己家里，又是在自家的白果树上的鹊窝里捡到的，按理说他家不算偷也不算抢，说到天边，这金钗都算是自家的东西。但石根伯心里明白，这金钗的来由绝不能向外人透露半点，想到这里，他起床又去跟老伴儿、儿子强调一次。一家三口都兴奋不已，就像堂屋的方桌上高高堆着一大堆人民币一样，久久不能入睡。

石根伯家的日子还是像平常一样，只是每天晚上他们总是要把金钗拿出来围着看看，全家欢喜一阵。但在他们家堂屋正墙上，多了一幅喜鹊踏梅国画，是金龙专门到省城诗画社花了几百元买来的。画下面的条桌上也添了一个香炉。过了半个月，金龙回家时跟他父母亲说，公司那位叫张莹凤的小姑娘的父亲说这金钗很值钱。石根伯好像早知道一样，值钱却不能换钱，他的心思还是在这些菜呀猪呀羊呀身上，他想明年先将房子造好再说。又过了一个星期，金龙回家说张莹凤说她爷爷想来看看金钗，说是看到实物才能真实估价。石根伯沉默了，他说让他想一想。晚饭后，全家又坐在堂屋方桌前翻弄着金钗，石根看了看金龙说，儿子，你叫他们星期天过来吧，你反正休息，我叫你妈准备点饭菜，人家大老远特地为这事跑过来，总得谢谢人家，顺便也收拾下房子，城里人到山里来，也不能让人家看到家里破破烂烂的，丢脸。

星期天，这白果院里里外外都收拾得干干净净，石根伯全家都在等张家爷爷的到来。上午十时许，一辆奔驰轿车停在白果院大门口，金龙和他父母亲迎在门前，张莹凤首先从驾驶室下来跟金龙打了个招呼，就跑去打开后车门扶她爷爷下车，她父亲这时也从副驾驶室走了出来。金龙和莹凤给双方大人互作介绍后，便走进院门，张爷爷虽已经八十多岁了，步履却仍然稳健，他朝着院内四周张望了一会儿，又抬头向那棵白果树望了望，对石根伯点点头轻轻说道："山清水秀好风水呀！"石根伯疑惑地望着张家爷爷，张家爷爷精瘦并不太白的脸上却没有半点老人斑，双眼虽有些混浊但仍很精神。凭老人的神态和言谈石根伯就知道老人十分精明。张家爷爷笑呵呵地接着说道："你家住院坐北朝南，背靠大山，前有小溪潺潺，又有大树撑着挡风遮雨，好住处，是块风水宝地！"石根伯听了心里一阵喜欢，赶紧带着大家进了堂屋。张家爷爷默默凝视着堂屋正面挂着的喜鹊踏梅国画又开口说："你们家常有喜鹊临树？"石根伯马上接口："喜鹊来这里几十年了，只是最近几年门前修了马路吵得喜鹊也不来了。"张家爷爷轻轻叹了口气，"可惜，有损风水！"不过老人马上接着说："好在鹊窝还在，无事，无事！"石根伯一听心里一惊，心想，老人果然厉害，一开口就点到点子上了，难道会是什么地方走漏了风声？他马上转移了话题说："快坐！快坐，金龙妈，快上茶！"深山里的野茶芳香扑鼻，顿时让人心旷神怡。

　　张家爷爷从手提包内拿出了放大镜、天平、小锤子、集光电筒、类似医疗听诊器的听筒、玻璃板等工具并排整齐放在方桌上，张家爷爷等石根伯将金钗交到手中时，内心也十分震惊，他连忙站起身，走到院子里郑重地将金钗对着太阳光看了一会儿，然后回到桌边将金钗放到玻璃板上，用放大镜反复上下左右仔细翻看了很久，特别是那个红宝石和吊坠，他又拿到院子里对着阳光仔细观察，又放到天平上称了称。张家爷爷神色凝重，最后才说："此物十分珍贵，虽不能确定是出自皇家，但也必是大富大贵家中之物。"在场的人听了都惊得睁大眼睛，石根伯更是心都要跳出来了！"能问问这金钗来历吗？"张家爷爷轻轻问着。石根伯心里早有准备，就立即说是祖上传下的。张家爷爷笑着对石根伯说："哦，小老弟，我是要弄清金钗的缘由，才能准确判断金钗的价位，请你不要误会。我还想问下你祖上是何身份？何方人氏？"

　　石根伯停了会儿才慢慢说起老家情况。石根伯老家在绍兴，到太爷爷这一代在绍兴—杭州一带来回做点小生意，到爷爷手里战火不断做不成生意，才到这山里安家落户务农至今。张家爷爷听完点点头说：这就对了！凤头下方刻有极细小的"康熙"二字，说明此金钗出自康熙年代。清朝咸丰年间，长毛造反（太平天国），天下大乱，江南一带，官府、大富大贵人家均遭打击抢劫，财物被掠夺一空，大量金银财宝流入民间。按时间推算，你太爷爷正是生活在咸丰、同治年代，身逢乱世，能获得此物也不见怪。张家爷爷喝了口茶又说，金钗如按平常价来说，金不足三两，三颗宝石一颗翡翠，也只是数万元而已。但凤眼和两片凤翅上镶嵌的是产自云南的红宝石，价格不菲，而这吊坠更不可小觑，它不是普通的玉，是出自缅甸的"天然冰种帝王绿翡翠"，这金钗价值就会数倍十倍以上。再加上此金钗产于清朝康熙年间，距今已有几百年之遥。金钗质地纯真、造型精美、工艺精湛，不是民间工匠能制作的，又构思巧妙、文化品位高，是难得的稀世古董。所以，外行看了只是一件金钗而已，价位最多也上不了十万元，但内行识货之人，就会认定这金钗是无价之宝！不要说一般人买不起，就是要卖也没有那么简单。怨我老汉多一句嘴，小老弟，你这是有福之人啊！我这辈子经手金银珠宝无数，也没有见过这样的珍品，这金钗大有来头，是收藏的传家之宝，要好好珍藏啊！千万不要随意兑换。张家爷爷讲完了，看了看石根伯又盯住金龙仔细看了一眼。大家早就惊呆了，只是张家爷爷爱不释手地将金钗看了又看，然后才恭恭敬敬地交还到石根伯手中反复说："好好保存！好好珍藏！"

在座的包括张莹凤父女二人全都震惊了，石根伯全家在听到张家爷爷诉说后，更是激动得连气都透不出来，他们都呆呆地看着金钗，过了一会儿，石根伯才激动地站起身，也拱起双手不断叩首，并连声说道："谢谢张老师傅！"等大家心情平复后，石根伯才轻轻对张家爷爷说："我们是小户人家，只是造房缺钱，想金钗放在家中也无大用，就想问一下金钗价位，也不是一定要兑卖，还请张老先生不要外扬。"张家爷爷笑着对石根伯说："这道理我懂，不瞒你说，我们家过去也是在省城做珠宝生意的，行规我晓得。我虽不是这方面专家，但我珠宝看得多了，这金钗八九不离十，是档次极高的珍品。我们绝不会在外多说，还请你们尽管放心！"石根伯这时从口袋掏出五张百元大钞，双手恭恭敬敬送到张家爷爷身前说，"不成敬意，谢谢张老先生！这是我们全家的一点心意。"张家爷爷急忙站起来连连推辞："不必客气，绝不能收钱。我家莹儿和你家金龙是同事也是朋友，我闲在家中无事，也是听我家莹儿说起，才能有幸见此稀世珍宝，一饱眼福。我倒是应该谢谢你们！"堂屋里的气氛非常和谐，大家都很高兴，这时菜已端上，满满一桌，虽不是什么珍馐美味，却是十足的土生土长的山里土菜，香气扑鼻，再加上自家酿的米酒，醇厚微甜。酒足饭饱后大家在欢乐中依依惜别，金龙妈还硬是送上两只鲜活的土鸡。

晚上，两家人都很兴奋，石根伯一家想不到家里会有这天大的福气，也许是祖上积德，也许是父母亲的善举，感动了喜鹊神灵，让它们衔宝报恩。反正是上天送来了宝贝，金龙妈倒是担心张家会把此事外传引来麻烦，石根伯很镇定地说："我们一不偷，二不抢，人不知，鬼不觉，我们咬定是太爷爷传下来的，谁能拿我们怎样？"金龙却肯定地说："小莹他们家见多识广，知书达理，守规矩，金钗一事他们绝不会去外面张扬。"其实石根伯脑子里担心的是另一回事，家里讨儿媳造房子都要钱，这金钗卖又不能卖，就像捆住手脚的饿汉吃不到挂在梁上的面包，看得到却吃不到，眼下的困局怎么破？他突然想到：

张家的女儿相貌人品都好，她家经济条件也好，儿子配上她倒是不错。石根伯看得出张家的爷爷父亲都十分看重这金钗，小莹与儿子俩也谈得来，咳！这事肯定有戏。

张莹凤一家也正坐在客厅里兴奋地谈论此事，张家爷爷感慨地说："真想不到呀，山沟里会藏着这样的稀世珍宝！"莹凤父亲接着说："他家势单力薄、为人又忠厚老实，此事一旦外传怕是难保周全。""难道有人会去偷去抢啊！"莹凤有点愤愤不平的样子，她相信如今是法制社会。父亲看了女儿一眼，他只是不想去伤女儿的自尊心，其实事情哪有她想的那么简单。爷爷疼爱地看着莹凤说，去叫你妈过来，我们大人要谈些事。莹凤妈是刚退休的小学教师，听了公公的一番话后，这时她心里也很复杂，她在想刚才公公说的话，要保住这稀世珍宝，唯有将莹凤与金龙配为夫妻，周家和张家合力才能保住。金钗真有那么珍贵？周家金龙是忠厚老实，相貌也还算说得过去，但他只有高中学历能配得上咱家莹儿？如真这样做不是有贪图珍宝的嫌疑？莹凤的父亲也在沉思中，张家爷爷看到儿子、儿媳都不说话，摇摇头说："周家祖上并无大根基，他家能得此宝纯属家运。他家现在住地风水极好，人品也不错，我张家到莹凤这一辈已经势单，金龙配玉女、独子配独女是极佳之配呀！周、张二家联姻并非是件坏事。我家虽经济还算殷实，并不是去贪图人家珍宝，是要保护好这稀世珍宝代代传承下去。这事你们仔细想想，由莹凤妈去对女儿说，道理讲清楚，慢慢来，要莹凤自己同意，双方自愿，水到渠成，千万不能勉强、强求。

另外，还有要关照大家，今后不管怎样，周家有金钗之事万万不能由我张家外扬出去。"说完张家爷爷就进屋休息去了。

过了两个月，金龙回家跟父母亲说："莹凤跟我好了。"父母都吃了一惊。"好什么呀？无非就是看上咱们的金钗了，这样的人家我们高攀不上。"母亲并不同意，石根伯却直盯着墙上挂着的那幅喜鹊踏梅画一声不吭。"老爸，你怎么说？"金龙用胳膊碰了下父亲。

"我没意见，你属龙，她属鸡，龙凤配呀。"又过了一会儿石根伯才说："张家底子厚，经济条件极好，随便拿出几百万元都不在话下，张家大人知书达理有水平，一只金钗最多不过几十来万元，张家大人一定不是看重金钗。"

石根伯望着儿子又看看旁边的老伴儿说："莹凤她本人条件、相貌、人品都好，又是正规大学生，她看重我家金龙是人品好，家庭和睦，忠厚老实。金钗虽说金贵，既不能随便拿出去显摆，又很难出手换钱，一只金钗还是解决不了家里的实际问题。"石根伯停了一下接着说："再说莹凤是独女，我们是独子，结婚后金钗能到哪里去？还不是在咱家手里。金龙今后总要成家，这样有条件、背景的好人家再到哪里去找？"

又一个月后，金龙报名参加了自考学习。半年后，莹凤独自开车来金龙家，并给石根伯夫妇带了不少礼物。午饭后，金龙带着莹凤去山村游走了一圈，傍晚莹凤就独自开车回去了。莹凤这种美丽端庄、富贵高雅形象的姑娘的到来，立即就轰动了整个小山村，都说周家白果院交了好运！石根伯夫妇心里高兴得几天睡不好觉。春节期间，张家全家四人到周家拜年，石根伯一家虽有准备，但还是手忙脚乱，忙得不亦乐乎。张家十分满意，张家爷爷说起白果院房屋重建的事，表示张家定要出资协助，石根伯硬推托不成便说：建房审批手续早已办好，款项也凑了十几万元，资金到位明年立夏后就好动工。张家爷爷又说：这棵白果树最好不要动它。房屋我家找人设计成最好的别墅，要厚重气派！钱不够，明天叫莹凤拿五十万元过来。并说明年准备给莹儿在镇上再买套住房，结婚后两边随便住，我们如有空也会来这里住住。石根伯接着说：新房就不必买了，结婚后两边跑跑，张家爷爷喜欢这里，你们就搬过来一起住，新房也有你们的一半！

　　两年后，石根伯家早建成了别墅式的三层小楼，那棵白果树和喜鹊窝也仍高高矗立在原地，他家成了全村最显眼、漂亮、气派的院落。金龙拿到本科文凭，也进了公司管理层，就在这年国庆节，金龙和莹凤结为夫妻。小两口有时住城里，有时就回柳溪村白果院，反正有自家的小轿车，来去都方便。石根伯小生意不做了，夫妻二人在自家后院山坡上种了些蔬菜，养了些家禽，都是留给儿媳和张家爷爷及亲家吃的。每年，张家大人也常在白果院住一段时日。周、张两家日子过得舒坦、祥和、幸福！

　　这事有点荒唐、匪夷所思。但世事难料，写归写，信不信由你，就当酒后茶余闲聊。金钗虽没有给周、张两家带来一分钱，却使两家联姻成了亲家，也给了他们两家欢乐、幸福！不

过天下绝少有这种运气，这世上的事，还是要靠自己努力奋斗
才行。

2021 年

鹊
窝

征 迁

　　房屋土地被征用了，政府按政策，赔房又赔钱，还给你几年的安置费。时下，无论城镇还是乡村，征迁赔偿成了很多普通老百姓梦寐以求的事，因为征迁而改变了不少普通家庭的命运，他们从此告别了贫穷落后，过上了更加幸福安宁的生活，也有普普通通的小老百姓，因为征迁从此彻底改变了自己的人生！

　　潘东根却没有这个福气，征迁对他家来说不是好事反而成了件坏事。今天家里年轻人都各自回到了自己的新家，现在，只有潘东根一对老夫妇还默默坐在空荡荡的老屋里，潘东根抽着闷烟，整个人从上到下，从里到外，好像全被伤心烦恼事包裹住一样，其他什么想法都没有了。他都快七十岁了，这辈子除了他的父母二老去世，让他这样伤心难过了一段日子，还真的没有其他什么事，让他像今天这么伤心烦恼过！此时此刻，他真的连死的念头都有了。

潘东根的老伴儿昨天从早到晚不吃不喝，躺在床上哭哭停停到现在。自早上孙女甜甜站在他们面前说："爷爷奶奶，我要跟妈妈去住啦，我会来看你们的！"

老伴儿紧紧抱着甜甜放声痛哭，十四年的朝朝暮暮，十四年的酸甜苦辣，比疼儿子还疼爱几倍的孙女，怎么说走真就要走了？甜甜大了，她心里什么都懂，此时她也只能紧紧抱着奶奶，陪着奶奶默默流着眼泪……

甜甜还是走了，她能不走吗？她父亲有了新人，早已厌弃她们母女二人，如今离了婚去跟另一个女人生活，她们还有什么理由、必要留在这个早已破碎的家？甜甜毕竟是她母亲唯一的亲人，她能离开母亲吗？她要陪伴着心爱的苦命的妈妈，她们要重新去艰难地闯荡生活，开辟一个属于她们自己的新天地！

往事就像电影一样，一幕幕浮现在潘东根眼前。

房子建成的那天晚上，客人早就散尽，潘东根一人坐在道地竹椅上，天上只有一丝眉月，道地上黑漆漆的，面对着亮着电灯的新房内，看到妻子还在收拾着，儿子则一边拿着只鸡腿在啃，一边跟在他妈后面团团转的温馨画面，他心里十分兴奋，但这种感觉是什么，他也说不清，我们姑且就叫它幸福感吧！他独自抽着烟，心里很舒坦，其实应当说很得意！为了建这幢房子全家省吃俭用了好几年，想想自己虽然辛苦了半辈子，总算有了妻子又生了儿子，现在又建好了新房，他心里怎能不高兴！这时他心里面像有几只小鸟儿在叽叽喳喳快乐地叫着，他真想唱几句什么，可只有妻子会唱几段戏，他什么也不会唱！

就在这时，妻子拉着儿子来送茶水，潘东根一把将儿子抱在腿上，拉着妻子的手，得意洋洋地说：老婆，我们对得起儿子啦！妻子心里当然高兴，可不知为什么妻子这时却哭了起来……

此时此刻，东想西想让潘老头心里头乱七八糟。征迁，小镇上兴奋风传了几年的湖西路征迁，如今终于尘埃落定。但潘东根反而被征迁弄得天昏地暗。他家六口人（独生子女算两人）回迁了480平方米的房子，整整5间套房，扣除买房的钱，还剩有150万元的现金。这对于寻常百姓人家，可真是个天文数字！

天上突然掉下了两个大馅饼！无须花气力，便钱、房两得，双喜临门！可偏偏潘东根的家因为征迁，被弄得支离破碎。能怪谁呢？回想起来，自从得知这里要征迁的几年里，儿子媳妇经常吵吵闹闹。常说家吵败，猪吵卖，好了，这下都兑现了，家破人也散了！什么他本人童年时在房屋门前门后嬉闹的欢乐情，大了结婚和新娘双双坐在一起，任着那帮后生哥闹新房时留给他的幸福，以及老伴儿生下儿子那刻，后来又重新建造新房时，他内心的那种喜的、乐的种种，这一切的一切，都统统过去了！现在留给他的只是家破人散的伤心痛苦，他知道征迁是件大好事，他也高兴过、盼过！可现在留给他的只有恨的、气的、伤心的事，说来说去就是因为这个不争气的儿子！

江南的夏天，最容易下雷阵雨，一般都是下午或傍晚。还是湖西路要被征迁的消息刚在街坊邻居流传最热的那年夏天，晚饭后，一阵大风，天空的乌云快速地聚集起来，厚厚的云层，让人觉得天气闷热得很，屋外一下子漆黑一片，全家围着大吊扇下的饭桌谈征迁的事，儿媳惠芬突然说要跟儿子离婚，潘老头听着，吃惊地睁着大眼睛，连着问惠芬："为啥？为啥？"

"问你儿子！"惠芬头也不抬。

老伴儿似乎知道些内情，便劝说："惠芬，有啥不好商量的呀？唉！好好一家子，离啥婚。"

"问你儿子！"惠芬还是那句话，说完起身上楼回屋去了。这时屋外突然电光一闪，要打雷了，孙女儿甜甜急急忙忙跟在妈妈后面。潘老头朝着儿子吼了一声，儿子却一声不响，闪出屋外匆匆离去。

"出了啥事了？"潘老头蒙了，急急忙忙问老伴儿。

老伴儿吞吞吐吐地对潘老头说："自从知道要征迁这回事，儿子就在外面搭上了一个女人，开始我也不知道，但儿子晚上常常溜出去，很晚才悄悄回家，直到听到儿子儿媳两人吵架，才知道有这事，听说那女的还是个洗脚的。"

潘老头知道事情缘由后，拍桌子骂人，气得够呛，他狠狠训了儿子几次，但儿子很乖巧，从不顶嘴，只是晚上跑出去更多了，有几天干脆不回家。潘老头拿儿子没办法，真是又气又恨又感到无奈，儿子大了，会听你的？管不了，任他去吧，也许过一段时间会好起来的。世事本来就难料，有些看着是件好事，后来反而成了坏事，有些明明是坏事，却偏偏又变成了好事！世人多数都不能把握自己，就像潘老头一样，一旦遇上事情，就只有任凭摆布，就像一条在海上航行的船，一旦失控，便只能随波逐流，漂到哪儿算哪儿，一切听命吧！

去年冬天的一个夜晚，屋外正刮着强劲的西北风，气候已冷得赶上结冰了，一家人已经难得一起围坐在堂屋方桌前，但这次不一样，肯定不是一次友好聚会，而是比耶稣最后的晚餐还要伤痛的聚会，一家人不仅最后已走到分家分手的地步，而且不可避免地又是一场激烈的吵闹。

屋里的气氛也像冰冻一样，谁也不愿第一个开口，潘老头和儿媳惠芬脸冷得怕人，老伴儿哭丧着脸，又表现出一副无可奈何的可怜样，只有儿子仍在若无其事地玩着手机，孙女甜甜早早就上楼进了妈妈房间。

"房子我要自己的 80 平方米，女儿甜甜要留给她 120 平方米，至于钱，我的土地是我嫁过来后在你们村分的承包地，所以土地征用款我有份，我和女儿俩人只要 50 万元。"蕙芬平静地看了公公一眼，终于开口了。

儿子紧跟着说："我要 200 平方米，钱我要 150 万元。"他一边说，一边仍在玩着手机。

"放屁，"潘老头猛拍了一下方桌接着说，"我辛苦了一辈子，老房子拆了换来了总共只有 480 平方米，房子被征用的钱除去买新房，只剩了 200 万，你们都要去，我和你妈咋办？"

"征迁的钱我们没多拿，房子是按人口分的，我只拿了自己的那份，甜甜是法院判给我抚养的，她本来有 160 平方米，但只要了 120 平方米，多了吗？你问你们儿子去，大不了再打一场官司。"蕙芬一点也不甘示弱，几年来遭受的烦恼、伤心、痛苦，她在今晚都爆发出来了，她痛恨她的丈夫无情无义，她讨厌这个家庭的无知无能，她现在唯一向往的，是带着女儿远走高飞，只要永远不再看到他们，只要女儿有个幸福的将来，她什么都不怕，什么苦难都愿承受！

潘老头平时最不擅长的就是说话，现在这种场合，更讲不出什么道道来。他气得直喘粗气，实在弄不懂眼前发生的事，他朝仍在玩手机的儿子望去，不明白自己的儿子为什么这么淡定，更不明白平时温和的儿媳为什么突然变得这般凶狠，这些事的前前后后他根本没法思考，就像他无法思考女人的手为什么灵巧，会缝衣绣花一样，他的一生，只会努力去劳作，需要做什么，就去做什么，像一部机器，开机工作，关机休息。

屋外的西北风越刮越猛，风从门窗的缝隙中拼命地钻了进来，屋里越来越冷，蕙芬觉得再坐在这里已毫无意义，便自顾上楼回房间去了，潘老头的儿子自知理亏，低着头不说话，看到蕙芬上楼，便立即向门外溜去，潘老头大口喘着气，他老伴儿用那双枯萎的手在潘老头背后轻轻抚摩着，一下又一下。

潘东根坐在这即将被铲平的空荡的旧屋里，望着这个已经支离破碎的家，他十分伤心无奈，仿佛又回到四十年前母亲去世的那个晚上。那时他刚结婚不久，在黑洞洞的破旧屋子里，妻子紧挨着他默默地坐着，父母双亡，当时他也很悲伤茫然，可他还是表现得十分坚强刚毅，并且，内心对未来仍充满了希望！如今则已完全不同，虽然他们老两口有一幢80平方米的新房，也有了三十万元的存款，但他们就要离开这块生活了一辈子的故土，告别大半辈子过惯的生活方式，要去重新过一种完全陌生的新生活，能适应吗？更要命的是儿子卖了房子拿了钱，扔下年迈的父母，去了新婚妻子的娘家。离婚的儿媳带着孙女也远离了他们，命中注定，土埋半截的他们只能孤独相守。

当幸福突然降临，有时候会把你弄得晕头转向。就像你站在钱塘江堤上观潮一样，远看气势澎湃美丽的潮水浪头飞驰奔来，你会激动高呼、感觉幸福无比，但当大浪突然迎面扑来时，顿时又会把你惊得懵懵懂懂。等大浪退去，江面上就剩下那些破碎的泡沫，好像什么也没有发生过一样，而生活还得照常进行下去。

2017 年

坚　守

在省立公路旁，高楼林立的房屋中间，不可思议地夹着一块约两亩大的狭窄荒芜的土地，它已被遗弃在这里多年了，看上去十分细瘦贫瘠，荒凉得让人不忍多看它一眼。就像一个被遗弃的孤儿，饥饿无助地躺在那里，在默默等待着善心人的帮助。

秋日的阳光下，一位老人挂着根光滑枯黄的竹竿，一动不动地倔强地站在这块地里已经有很长时间了。他穿着一身已发白的老式军装，身躯虽佝偻，但双腿仍站得笔直，远远望去就像座雕像。如果你走近他，就会看到在老人古铜色且布满皱纹的脸上，神色显得严肃中带着伤感！头上稀少的根根向外刺出的短发白中带黄，看上去有些肮脏，很显然，他的头发要比别人的粗些，而且从来就不注意保养。老人眼睛虽有些混浊，但目光仍然能聚集在一起，定神盯着一个目标。你把从他身上看到的连贯起来猜想，就会觉得这位老人一定是个固执、任性又很难与人沟通的倔强老头子。

　　老人叫王土根，今年已八十岁，他现在背朝着大路呆站在那里一动也不动，这只是表面情况，其实此时他心里憋闷得都快要落泪了。他为什么要艰难地站立在这块荒地上？究竟是什么事让他如此烦恼忧心？他的家人呢？这种状况让很多人在远处马路边站着围看，并悄悄议论着，但又没人前去靠近他，或者去劝慰他几句。他们中间有很多人都跟老人是乡亲，知根知底晓得他的脾气。老人家好好地站在那里，这是他的权利，他又没有招惹你们什么，你冒昧地走过去打扰，他肯定会感到厌烦，说不定还会遭他痛骂。

　　他怎么能不烦恼忧伤呢？他就是为了脚下这块土地，这块从来就把它当作亲儿子一样、精心侍弄了几十年的土地。可现在，这块地过了今天就不再属于他了，他决心要留下来陪伴它最后一天。到底是为了什么事？原因很简单，就是因为这块土地被征用了。征用？前两次曾有人来商量征用，都被他顶回去了，他也知道这块地很难保住了，就气势汹汹地对儿女怒叱道："除非我死，这块地你们才能征用。"他宁可与儿女断了来往，也不同意让出这块土地。上个月镇里城建办主任来找他说，他承包的地旁边的那段公路太拥挤，镇政府计划要扩宽增加人行道，这块地就要被占用一些，另外，这块地左边的那家公司因经营不善已破产，公司的土地连厂房也被国家征用来建造公路交通管理所，因场地不够大，就只能征用他的那块承包地。老人是老党员，既然是国家要用地，他也不好反对，但心里还是想不通。但隔了几天，是自己最疼爱的孙子王成超陪同镇党委张书记又来家看望他，聊天时说："老王啊，你年纪大了，你承包的那块地也只种了几垄蔬菜，地荒废在那里不用也可惜。现在政府计划要修路、建交管所，你是老同志了，希望能谅解配合一下。"唉！书记说的是实话，人老不中用了。土地本来就是政府给他种的，现在是国家要用这块地，还能不同意吗？老人只能点头了。

点头归点头，但他心里头那个难受劲儿怎能说放下就放下？这几天他在家里叹气声不断，烦闷得很，只怪自己守来守去，到头来还是守不住。明天这块地就要破土动工用墙围起，这以后，老人再也不能踏上这块土地看着它、摸着它了，而且这地从此以后也会被折腾得面目全非，变得连自己都会认不出了。他越想心里越不舒服，心里的疙瘩还是解不开，就趁着今天还没动工，赶过来再最后一次看看它，好好陪陪它。

唉！王土根这个老头儿也真有点怪，政府给了你四十万元补偿款，还不高兴？你这一辈子能赚这么多钱？不就是一块荒地吗，又不是归你所有的，还这样依依不舍，你值得吗？倒动起真情来了。你几岁了？你这么一个老头子，地上还能种出金元宝来？这些议论他的人都有些嗔怪的意思。

这时老头子隔壁的赵大妈稍提高了一点音量说："你们知道啥，前十年那个宋老板和村长来找他，出二十万元他都不让，啧啧！那年头二十万元是什么概念？可老头子就在地上搭个草棚，整天睡在里面，说是天王老子来了都不让。为这事他还跟儿子闹翻了！"唉！众人叹惜着："脑子搭牢了，真是一根筋。"

老人艰难地站立在这片荒芜的土地上，这孤独无助的样子，这情景看了让人觉得有些凄凉。有人打电话给他孙子，没多时他孙子成超就急忙开车赶来了。他走近老人身边，赶紧扶住他，轻轻叫了声"爷爷"。孙子是老人这辈子最疼爱的人，家里除了成超，他谁都不会理，现在被孙子扶着，老人委屈地流下了泪水。

"爷爷，我们回去吧！"孙子心疼地用手轻轻擦去爷爷脸上的泪珠。

老人久站着虽很艰难，但还是不肯回家。"不，让我再陪陪它！"

爷爷的心，成超十分清楚，他不再多说，急忙回到车子边从后备厢里拿出了折叠椅。他让爷爷坐下，自己扶着爷爷的背，静静地靠在他身旁。秋日的阳光这时特别讨好地抚摸着这对爷孙，暖暖的阳光照在他们身上也显得更加亲昵。爷孙俩谁都不说话，他们默默注视着远处的高架路和四周的高楼大厦，沉思在各自的遐想中。

老人十六岁那年，新中国刚成立，他家分到了这块地，地的南面是座小山岗，东、北面全都是田地，西面就靠在公路边，这地虽然狭长，但也有二亩。分到地的当天，父亲兴奋地把他带到地里说："土根，毛主席共产党给我家分了地。我们翻身了，你要争气，好好守着自家的地。"王土根默默地看着地，他心里从来没有像今天这样自豪硬气过，像个当家人似的点了点头。

二十岁那年王土根报名参了军，复员回家时家乡已经成立了人民公社，他家的土地也并入了公社。当时正逢国家三年困难时期，农村生活特别艰苦，他是有机会出去当工人的，可他放弃了。这些年来，他一直和社员一起，任劳任怨，坚守在这片土地上。

1983 年农村大承包，家家实行包田到户。此时王土根的儿女都已另立门户。他跟队上说，什么地都不要，只要求承包土改分给他家的那二亩田地。老伴儿责怪他说：都一把年纪了，田地弄得那么远还怎么种？王土根笑笑不语，背起五岁的孙子王成超，赶紧朝承包地走去。

他站在地边对孙子说："超超，这田是你太爷爷留下的，以后爷爷老了种不动田了，这地就留给超超种。"

孙子在爷爷背上蹦着说："爷爷，不嘛，我不要种地，我要读书！"

20 世纪 90 年代初，村里组建社办企业，村长跑到王土根家中跟他商量说："土根大伯，村里要办厂，你跟水木两家的地在公路边，村里跟你商量你那块地村里想征用，村里补偿你五万元，另外安排你到社办厂上班，田就不要种，成不？"

王土根立马干脆回绝："不成！"

当时的五万元可不是个小数目，一旁的老伴儿急了："这么大岁数了，还种什么田？工厂里去管管门，做点什么轻便活儿，省得劳累。"

王土根对妻子叫着："不种田，吃什么？国家政策规定，土地承包三十年不变，我是户主，我不同意征用。"

晚上儿子女儿来劝说，王土根还是那句话："不同意！"

地的东面北面都建了厂房，加上南面的小山岗，他的地三面都被围住，小水沟也被填平了，建成了社办厂，王土根的田水源断了，没办法，王土根只能将田改成了地，种地用水要到半里地外的小溪里去挑。

太阳已偏西了，秋风吹来已经感到一丝凉意，成超指着远处那一片高低不平的房屋说："爷爷，那里是镇政府开辟的工业区，这过去是一个小队的田。你知道它这里一天的产值是多少？它一天的产值就比过去整个乡里一年的产值还要多。"

老人心里一惊，他知道工厂效益高，但不知道相差这么大。

成超手臂搭在爷爷肩上继续说道："爷爷，你年轻时家里有辆上百元的双轮车在村里就让人眼红，可我现在开辆十几万元的车人家还觉得差，你知道为什么吗？"

成超又说道："爷爷，中国因为穷才让外人欺负。中国改革开放才三十几年，你现在觉得我们大家生活怎样？"

孙子的一番话，让王土根一切都迷糊了，他满脑子的想法好像全部被翻了个身，变成一片空白，他弄不懂自己这些年究竟在做什么？他死死坚守这块土地到底为了什么？难道这地真能种出金元宝？再让他的子孙接下去种这块二亩地？他突然觉得自己有些好笑！好像自己到了一个完全陌生的世界，就像一个娃娃，完全不懂也不能理解周围所发生的变化。他突然发觉自己是那么无知和渺小！

王土根摇摇孙子的手臂说："超超，别说了，爷爷给弄糊涂了！"他不明白自己这些年苦苦坚守着这块土地究竟为了什么。

王土根也弄不懂这么多年来自己做的事情到底是对还是不对，他觉得自己做了对不起国家的事，他有些担心地问孙子："超超，爷爷没妨碍你们吧？"

成超朝爷爷笑了笑说："没事，爷爷！"

斜阳下，王土根坐在小轿车里望着车窗外飞快后去的近处远处那些高楼大厦，马路四周虽然没有过去那种农村特有的自然、恬静的秀美风景让人依恋，但优美高耸的一幢幢大厦，整洁宽阔的马路上车来人往，那种繁华、那种气派，却有着现代大城市那些说不尽的宏伟壮观，叫人惊叹！

王土根突然说："超超，我和你奶奶年纪都大了，有劳保也不缺钱用，政府给的补偿留给你了，去换辆新车。"

超超笑了起来，他弄不明白老顽固怎么会一下子变得这么开明："爷爷，征用款你们留着吧，我们也不缺钱！我倒是想让爷爷奶奶去跟我们一起住，让我们来照顾您和奶奶，安度晚年！"王土根又转过脸去，默默望着车窗外，什么话也没说，倔强的老脸上慢慢流下两行泪水，但这绝不是伤心的泪水。

2018 年

嫂　子

　　大城市扩展，使附近几个区县都受益匪浅，全被城市的美丽光环笼罩在里面。乡镇的城市化建设，我们连里村和这里其他村一样，大片大片的田地和一些村里的农舍都被征用了，建起了一幢幢十几层楼高的安置房、商品房，各类学校、商场、营业房、办公大楼。又划出大块土地建起了一块块工业园区。招商引资，引进来不少创业人士投资办企业办公司。有本地的加工业，如乐器厂、服装厂、茶叶市场什么的，也有不少外地客商来投资建立的公司、工厂、巨型商场，还有从京都来的大型国企的分公司等。于是，这片贫瘠土地忽然变成街道，整齐宽畅，小城里到处车水马龙、人群熙熙攘攘，夜晚更是万家灯火、明亮辉煌，使乡镇成了充满现代化气息的城市！

　　不种田了，村里的年轻人高高兴兴地去镇上打工赚钱，工业园区内打工的人还是紧缺，又去招来了不少外地年轻的打工仔。这么多的人聚集在一起，可热闹了，我们这个穷乡僻壤的小乡镇，顷刻间也变得热闹非凡，商铺林立。喧闹、拥挤、繁杂！这么多男男女女混在一起，时间久了总会碰撞出许多故事出来。这不，我家的那些事也是从这里开始的。

我哥和嫂子是在工业区里相识后结婚的。嫂子本来性格活泼开朗，回到家，总会让家里充满生机。但这几天一回家就把自己关在房间里不出来，母亲想进去跟她聊聊，嫂子也不搭理。嫂子那几个从来不进门的要好的小姐妹也偷偷溜进嫂子房间，躲在里面嘀咕半天又悄悄跑回家。唉！母亲背地里总是叹气，父亲整天铁青着脸，什么话也不说。如果你在嫂子身边，就会发现她那双大眼睛红红的，里面还噙满泪水，俊俏的脸因为过度忧伤而变了形。看见嫂子伤心的样子，我心里也难过。那时我只有十二岁，还不懂大人的事情，但也纳闷儿，全家就像在仇人窝里一样，谁也不开口说话，我哥回家也不管三岁的儿子在不在房间，就跟嫂子吵闹，有时还会动手打嫂子，闹完后便出门，晚上也不回家。后来我才知道，我哥吵着要和嫂子离婚，叫她滚出去。她能到哪里去呀？她的家人亲戚都不在这儿。

多好的嫂子啊！父母和我都站在嫂子这边，明明是我哥犯的错，可他竟然要和嫂子离婚，他就是个浑蛋！我恨死我哥了。嫂子的亲人远在千里之外，她满肚子的委屈和伤心能跟谁去说？这天嫂子又一个人躲在房间里，我敲门进去拉着嫂子的手愤愤地说："嫂嫂，你别走，不要怕他，我哥不要你，我跟你结婚！"

嫂子一把将我拉到怀里，呜呜地哭了起来，她哭得很伤心，眼泪都流在我的脸上，我也跟着哭了起来。

嫂子姓雷，个子不算高，但身材匀称，皮肤白净，小嘴、翘鼻、大眼睛，模样秀丽俊俏，凡是见到她的人都喜欢朝她多看几眼。嫂子走起路来身子还会微微有些扭动，一摆一摆的，远远望去就像垂柳枝在迎风轻轻摆动，十分优美！大家都叫她英子，她在我们村里也算是个美人，我哥长得高大英俊，还能说会道，不得不佩服我哥，不到半年，就把二十岁的漂亮英子娶进家门了。

嫂子娘家在贵州山里，父母都是老实农民，家中还有两个弟弟和一个小妹，她知道娘家穷，结婚也没多提什么要求。我哥备了些礼物和几万元钱带着嫂子和我去了一趟贵州。哥嘴甜，见了嫂子父母和家人就亲热地叫起"爹！娘！小舅小姨"，讨得嫂子全家都满心欢喜，很快就按当地风俗为我哥嫂举行了婚礼。都说富人心思多，穷人清水窝，大山里的人见的世面少，纯朴善良，待人多是热情真诚，哪有什么心机？你待人家客气点，他们就会把心掏给你。

嫂子待人低调和气，平时见着我们总是笑嘻嘻的不多说话，她穿着随便，从不刻意打扮自己，下了班就待在家里，嫁过来没几天就把全家的洗衣活儿全包了。

"英子，你下班回来够累了，还是让我洗吧！"母亲不好意思，要过去争夺。

"妈，我年轻，累不着，倒是您整天料理家务才累呢！"嫂子抱着衣服不放手，朝着母亲笑笑。

嫂子平时讲的是普通话，发音标准，听声音不比电视里的播音员差。我真高兴！家里多了个漂亮和气有文化的嫂嫂，好像热闹了许多。本来，家里做饭、洗衣、搞卫生都是母亲的活儿，自从勤快嫂嫂进了门，把家里洗衣搞卫生的活儿都包了，回家就进厨房帮忙。这样，下午母亲就有时间去老年俱乐部搓搓麻将。母亲那个高兴啊，她整天都是乐呵呵的，背地里，母亲有时还会用手指点点我的头说："海荣啊，长大了要找老婆，就找你嫂子那样的。"

每天回家做作业是我最头痛又厌烦的事，有时碰到不懂的题，就一点办法都没有，不做不行，想逃也逃不掉，母亲只会不停地催我骂我，也帮不了什么忙，无奈，只好愣愣地呆呆地坐在那里。嫂子一旁观察了我几天，这天回家我正在困难地做作业，她过来坐在一旁轻轻说："海荣，有不懂的吗？"

我像看见救星一样急忙把作业本递给她，嫂子笑了，她一道题一道题仔细给我讲解分析。嫂子在家是老大，初中毕业就出门去打工了，文化水平虽不高，但她讲得头头是道，听起来比老师讲的还容易理解。我十分惊喜地说："咦？嫂子真厉害，怎么你一讲，我一下就懂啦！"我高兴地抱住嫂子的手臂。嫂子告诉我，她在家时，弟妹的功课全是她辅导的。

结婚第二年，嫂嫂怀孕了，经常头晕呕吐躺在床上不能去上班。母亲说头胎反应大，就让嫂子在家休息，端茶送水、洗衣做饭，母亲比平时忙多了。但想到有孙子抱了，她反而越忙越开心，对嫂子照顾得也特别细心。可我哥却不像刚结婚时那样热情关心，他对嫂子怀孕的事不闻不问，吃了饭就往外跑，还在母亲面前怪嫂子这么早就怀上小孩，把母亲气得够呛。哥有时晚上要弄到十一二点才回家，连晚饭都不回来吃，母亲也常埋怨哥。

我知道哥在外面打麻将、玩耍，因为我听到母亲常在背地里骂我哥。连我们都知道我哥下班在外面玩，嫂子会不清楚？怀了孩子的女人却得不到丈夫一丝关爱，她心里会不伤心？其实通过这两年的生活，嫂子心里已经十分清楚我哥的为人，自从怀了孩子，加上本人又不爱打扮，丈夫对她早已没了新鲜感，他不再会眷念她和这份爱情。可嫂子深深明白自己的家庭背景和自身现在的处境，她不奢望丈夫的爱恋，却珍惜这个家庭对她的尊重照顾。面对丈夫的冷落轻视，无论眼下如何困苦，为了孩子和这个家，嫂子一直都在忍着，她也许觉得我哥现在年轻贪玩，慢慢总会懂事好起来。她咬着牙也要坚持下去。所以每逢父母埋怨哥，她就淡淡笑着替哥解释："他忙，在厂加班吧！"她是不想因为她弄得家里不开心。

没过多久嫂嫂生了个大胖小子，父母高兴极了，满月那天，父母亲请了不少亲朋好友在镇上最豪华的大酒店为孙子办了满月酒。儿子满月后不久，嫂嫂便又回厂里去上班了。喂奶、上班，整天骑着一辆电动车来回跑，忙是忙多了，但她回家还会和往常一样和母亲抢活儿干，仍旧给我辅导作业。我哥呢，不要说回家帮着做点家务事，就连自己的儿子也很少抱。我哥年纪轻轻的，家里什么事都不帮着做，还在背地里教我说，洗衣、做饭、管小孩是女人做的事，男人不该管。我就觉得奇怪，好像我哥不穿衣不吃饭，儿子也不是他生的。

有了小孩，我哥还是老样子，吃了饭就往外跑，常常很晚才回来，有时晚饭也不回家吃。开始嫂子还责怪他，可我哥就是不听，有时还要凶狠地骂嫂子几句。时间长了嫂嫂就不再理他，二人冷冷的，像陌生人一个样。嫂嫂在家说话越来越少了，她默默地照看着儿子，一个人逗着儿子玩儿。父母实在看不过去，经常骂我哥，有次我哥跟父亲吵了起来，气得父亲打了他一巴掌，我哥跑出门去，这天晚上竟然没有回家。这个家成了什么啦？有时我也顶哥几句，他就凶狠狠地瞪我一眼："你少管！"

一天晚上，我忽然发起高烧、上吐下泻，大家急得要命。母亲打电话给哥，可他关机不接。到镇上医院有七八里路，爸妈都不会骑车，急得团团转。嫂嫂这时却很冷静果断，她吩咐母亲在家看着已经睡着的儿子，让父亲抱着我坐在电动车后座凳上，飞速赶往镇里的医院。一到医院，嫂嫂就叫父亲把我抱到急诊室，自己赶紧跑去挂号叫医生。还好是急性肠胃炎，医生说挂两瓶盐水吃点药就没事了。化验、配药、付钱都是嫂嫂在忙前忙后，父亲叫嫂嫂先回家，她却悉心照顾我，一直等我盐水挂完，凌晨三点才一起回了家。我哥倒好，回家只顾自己呼呼大睡一直到天亮。父亲常在我们面前夸嫂子聪敏、能干、知书达理，是做大事的人！

不管父母怎样管教，我哥仍旧不改坏习性，我行我素，天天不到晚上十二点不回家不说，有时晚上还会睡在外面。这天晚上，嫂嫂悄悄对我说："海荣，我们出去找找你哥。"嫂子好像知道我哥在哪里，她直接带我到镇上的一家歌舞厅二楼，她轻轻地推开一间包厢。我惊呆了，看到我哥背朝着门，手臂搂着一个穿着暴露、妖艳年轻的女人正声嘶力竭地吼着歌。我哥还是人吗？！我气愤得刚想冲进去唤我哥，嫂嫂却赶紧捂住我的嘴，一边轻轻地关上门，拉着我慢慢退了回去。灯光下，嫂嫂脸上流露出我从来没有见过的悲愤，她气得双手冰凉，浑身颤抖，眼睛里噙满了泪水，紧紧闭着嘴唇，我能看得出嫂子是在强忍着心中的愤怒，我拉着嫂子的手慢慢走下楼去。嫂子在歌舞厅门口，望着远处的街灯站了会儿，便默默地带着我回家了。路上嫂子一句话也不说，一到家就紧紧地锁住房门，把自己关在里面。

我赶紧把我看到的事告诉了父母，父亲气得脸色发白大吼大叫，抄起根扁担要冲出去找我哥算账。母亲用力拖住父亲，父亲的吼声惊动了嫂子，她打开房门走下楼，虽然脸上还有未能抹去的哭泣过的痕迹，但她走得很沉稳，她走到父母面前很平静地说："爸、妈，不要去找了，没用的。吵起来反而难听，明天再说吧。"

我们呆呆地看着嫂子，她默默地艰难地往楼上走去，扶着护楼杆一步一步移动着脚步，她走得很慢，瘦小的身躯好像是站在大海上行驶的小船上，身子不停地摇晃着，没有人去搀扶她，此刻嫂嫂是那么孤独、无助、凄凉！我哥在做什么呀？他怎么能这样对嫂嫂，我望着嫂嫂的背影大声叫了声"嫂嫂"，就伤心地哭了起来。

第二天晚上，在父母的责骂声中，我哥用挑衅的眼光看着嫂子，毫不顾忌地反问说："在外面唱唱歌同你搭什么界？"这种毫不在意的轻蔑眼神，意思很明显在说，你这个穷乡僻壤、一无所有的女人，有资格管我吗？

嫂嫂冷冷地朝我哥看了一眼，"你说不搭界？那我现在到外面去找个男朋友唱唱歌，晚上睡在外面，你说搭不搭界？"

"你敢！"我哥无话可说，他只是凶狠地盯着嫂嫂吼道。

嫂嫂突然变得严肃起来，盯着我哥："有什么敢不敢的，我娘家虽穷，但也不代表你可以随便欺侮我，我自己赚钱养活自己，你耍什么威风？"

嫂嫂停了停就站起身平静地说："你既有今日，又何必当初？"嫂子说完，厌恶地瞟了我哥一眼，抱着儿子就上楼去了。

母亲气得用发抖的手指着我哥说："这么好的媳妇，你，你在作孽啊！"

父亲站起来直接给了我哥一巴掌，拿起扁担又要打我哥。我哥拉开大门，头也不回便逃出去了。

父亲气得浑身直哆嗦，大声怒吼："滚出去，我没有你这个儿子！"

看到我哥这样无耻恶劣，我心里也很恼火，哪有像他这样为人夫为人父的？他还是我哥吗？还是个男人吗？其实嫂子是个温和讲理的人，在家里还从来没有听她发过什么火，也不轻易和我哥红脸，她娘家情况是父母没有什么势力可依靠，说到底就是一个无钱无势、生活在穷山沟里的一个普通农民家庭。嫂子平时不爱多说话，宁可自己吃亏些，也尽量不惹事，但并不能说明她胆小怕事、软弱无能，她只是采用这种做人低调点的方式来保护自己。其实嫂子早就听说我哥在外面鬼混，她多次劝说可我哥就是不改，这次她是下了决心，才把我哥当场抓

嫂
子

了个正着，把他的丑事在全家面前摊了出来。我哥欺人太甚、太出格了，而且人品都成了问题。嫂子也是考虑了很长时间，才去揭穿他的。这是一件关系到自己一生的大事，不做个了断，不但会毁了自己一生，还会连累两家亲人。

哥和嫂嫂最终还是离婚了。当她就要离开这个曾经给她带来过欢乐却又让她心灵饱受创伤的地方，在这最后的一个晚上，她独自默默地站在阳台上，面朝着西方远在千里的家乡，在心里轻轻叨念："爸、妈，我离婚了，在欺侮和伤痛面前我选择了抗争。放心吧，我不会沉沦，我要用我自己的努力和奋斗，闯出属于自己的一片天地，来报答您们的养育之恩！"

嫂子在附近租了间房子，她净身出户，除了自己的衣服被褥，什么都不要。母亲哭着抱着孙子不放手，嫂子微笑着对母亲说："妈，孙子白天留在你身边跟你做个伴，晚上和休息天让我带着。等他长大读书懂点事了，他爱跟谁就跟谁。"我跟着嫂子走了很长一段路。

"回去吧，海荣！咱们还能经常见面的。以后你放学回家就帮着把侄儿抱过来，省得你妈跑来跑去辛苦。"

我又哭了起来，嫂子停了下来，用柔软的小手轻轻地擦去我脸上的泪水，轻轻拍了下我的头说："回去吧！"

那种亲切的感觉，让我终身难忘，那年我十三岁。

嫂子走后，家里一下子就冷清多了，气氛变得很沉闷，我心里也是空荡荡的。这天，我送侄儿过去，嫂子留我吃了饭。她对我说："作业不懂就说，我下班回来仍可以给你辅导辅导。"我高兴极了，我又经常能和嫂子在一起啦！

我到镇上读初中后，就住在学校里，跟嫂嫂见面少了。嫂子是在制衣厂工作，她工作认真，待人和气。在厂里有很多要好的小姐妹，厂里的女老板特别喜欢嫂子，二人趣味相投，相处得很好，嫂子成了老板的得力助手。后来厂子不太景气，老板要去外地发展，嫂子是个要强的人，就跟老板商量把厂子盘了过来。老板很爽快就答应了，并同意她分期付款。嫂子回家跟自己父母商量，把家里唯一的牛卖了集了些钱，又向亲戚朋友借了些，凑着将第一期款付了。有了自己的厂，嫂子先后就把两个在外面打工的弟弟叫过来帮着一起打理。她有个要好的同学是学服装设计的，嫂子也把她请了过来在技术上把把关。嫂子脑子很灵，她早就盘算好了，要开发新产品、拓宽市场，把厂子做强做大。她设计出一种新型的校服款式，美观、朴实、价格实惠，很受当地学校喜爱，消息传开后，很多其他学校也纷纷前来采购，她专门建立了一条生产线，批量生产。她又回到家乡，将家乡苗族土制的一些衣服款式拿到厂里，经过重新设计改装，形成了一种漂亮新颖的时装，放到市场受到不少客户商家喜爱，产品直销全国十几个大城市。嫂子还不断努力研制开发出汉苗服装系列新款式，产品不仅在国内市场站稳脚跟，还打开了外贸市场，将产品远销海外。几年的奋斗，嫂子的企业，已有百来个工人，年产值上千万元，成了地区的三星级企业。

　　我已经读高中了，我哥还是在鬼混，沉溺于麻将、玩乐中，女朋友换了一个又一个，家里土地征用的钱也被他挥霍得差不多了，全家都拿他没有办法。有天晚上饭后闲聊，母亲小心翼翼地轻声问我："海荣啊，你嫂子还能回来跟你哥过吗？"

我白了一眼我哥："哼！可能吗？"

"人家是凤凰，他算什么东西。自作孽不可活！我家哪有这个福分。"父亲叹了口气，摇摇头走了。

过去我家因土地征用房屋拆迁，家中分有两套大房屋，父母都买有养老保险，家中还余有几十万元的存款，本来家境还算殷实，嫂子家当时的经济状况当然不能与我家相比。现在倒好，经过我哥这几年折腾，家中除了两套住房，其他一无所有，全家就靠父亲打工赚点小钱和二老那点可怜的养老金。再看看嫂子，如今有了自己的工厂、轿车，还在镇上买了大面积的商品房。一上一下的变化，有时我想想，真叫人伤心得好笑！这是命运在作弄人吗？当然不是！

侄儿已上小学，他不肯待在我家，哭闹着要跟亲娘去住。嫂子在镇上又买了套商品房，将老家的父母亲也接了过来，儿子就在镇上读书。嫂子已经是本地区的女强人、优秀企业家，工厂又扩大了，她事情多、交际广，我跟嫂子见面的次数更少了。这些年，我哥总算又讨了个老婆，是个离过婚的女人，脾气不好，跟我们合不来，便另立门户分开居住。在我考上了市里的一所大学那年，家里让我哥这几年折腾，经济已很十分拮据，快开学了，父母正愁着为我筹款读书。这天我突然接到嫂子电话说有事叫我过去一趟，我刚出门到村口，嫂子的轿车就已经开到我面前，嫂子直接杷我带到她厂的办公室里，问了我家里及大学里的一些情况。

嫂子对我笑了笑说："读书钱不够了吧？"

"够了，够了！"我急急忙忙说。

嫂子微笑地看看我，"你就不要瞒我了，你家的情况我还会不清楚？"

我一脸愧色，叹了口气，"父母在想办法，真的不行，还可去贷款。"

"贷款？你父母年纪都大了，全家只靠两三千元的劳保收入，过日子都十分艰难，贷款每年的利息你们怎么还？难道你还要叫他们再吃苦？"

"等工作了我会还的，不会让父母受累。"我态度很坚定。

嫂子盯着我，一会儿说："海荣，我相信你。不管怎样，我们好歹也是亲戚一场，读书的钱我早给你准备好了。"

"这……不行！"我真的没想过嫂子还会主动帮我家，我仍坚持不要。我的确很需要钱，但这个曾经被我哥如此伤害过的女人，我怎么还有脸面麻烦她？老实说，除了贷款我真的没有其他办法，我吞吞吐吐地说。

"哎呀！就算是你问我借的，不要利息的，总比银行贷款好吧？等以后你有了再还我行了吧？海荣，你家情况我都清楚，你就不要再推辞了。好啦，把账号给我。"嫂子拿起手机。

在我心里一向是把嫂子当自己的亲姐姐一样，有事总会第一个去跟她商量，可为了读书凑钱的事，就不好意思说了，嫂子主动伸出援手，我心头一热，眼眶里充满热泪。

"好了，好了！还是男子汉呢，干吗扭扭捏捏呢。"嫂子又在催着我。

嫂子一下子就转了十万元到我账上。

"三年大学省着点用,如果还不够就来拿。"她停了一下说:"我打算成立一个工贸控股公司,需要一些年轻人才,海荣,好好读书,以后不想到外地去发展,就过来!"

"我一定努力!"

我坚持写了张借条给嫂嫂,心里打算好,工作后第一件事就把嫂嫂的钱还了。我打心底里也喜欢到嫂子的公司去工作,我这个人平庸得很,没有什么大抱负,只是希望大学毕业后,有个差不多的工作,让家里的生活能过得好一些就满足了。

"好了,借条我暂且保管着。另外,以后别叫我什么嫂嫂啊嫂子的,就叫我大姐或英子姐吧!"嫂嫂朝着我笑笑。我知道嫂子的意思,我哥人品实在是太差了,她怨恨过去伤心的往事,对她来说,我哥就是她的一个噩梦,长久缠绕在她的心中,好像久来一件悬而未决的心事,如今突然从中解脱出来一样,心情显得特别轻松,所以也希望我不要再提起它。

我读大二的那年暑假,一天嫂子叫我去她家说有事,下午四点嫂子的车就在村口了,到了她家才知道今天是侄儿十岁生日,嫂子是邀我来参加生日派对的。侄儿都快赶上他妈高了,可嫂子还是那么年轻漂亮,看到嫂子家里高档的装修,大厅里宽敞、明亮、富丽堂皇,全家欢欢喜喜聚在一起的样子,除了高兴感叹外,又想起自己家中情况,心里总有一种说不出的滋味,唉!家运不济呀。

在餐厅大圆桌旁,嫂子看我有点沉闷,她突然大笑着站起来：“啊呀呀，还有件喜事我忘说啦，海荣，我小妹秀梅也考上市里的大学了！”

“啊！”我惊讶地朝小妹望去。

嫂子一边把小妹拉了起来，“快，叫哥！”一边又对我说：“海荣，我妹可是老实人，没见过世面，我把她托付给你照顾，你可要把她保护好，她若少了一根头发，我可要找你算账！”

嫂子说完，全家都哈哈大笑起来。嫂子变了，变得很会说话，也许是环境逼的吧，她当初在我家言语不多，是因为心情压抑不愿意多说罢了。如今她管理着自己的工厂，这么一大堆事要她去处理，说真的，她不会说也不行。人一旦放开了，走出了重围，她的聪敏才干就会充分发挥出来，不然，她能把自己的事业办得这么红红火火？

“哥！”嫂子的妹妹红着脸，怪不好意思地轻轻叫了我一声。

我赶紧望过去，洁白精美的脸蛋是那么娇艳迷人，婀娜的线条将她全身展露出光彩夺目的青春光泽。我毕竟是成年人啦，看到少女独有的那种妩媚、羞涩，立即让我内心颤抖起来，呵！比嫂子还漂亮！我朝她看了一眼，脸也红了，赶紧低下头来。

“干杯！”嫂子微笑地看了我一眼，豪爽地举起酒杯。

“哈哈……”轻快的笑声在嫂嫂家里回荡。

在这欢快愉悦的氛围中，我突然感觉到生活原来是那样美好！我真希望时间就在此刻停顿下来，不要让这美好离去，也不要让烦恼再过来困扰。但这怎么可能呢？离去的终归要离去，该来的还是要来。光阴荏苒，日子一天天过去，好好珍惜每一天吧，而离去的终将会变成亲切的怀念！嫂子激励我决心要奋发努力去迎接美好的明天！

2020 年

姐弟仨

王桂英相貌一般，文化程度也不高，可站在咱们小镇这群小老百姓中间，也算是个走得出的人物。都说她嘴一张手一双，敢说敢当，不少人都说她就像20世纪60年代电影中的李双双。可是这段时间，王桂英好像完全换了一个人，心神不定，不多说话也不爱动，整天窝在家里，像个哲学家一样，默默地靠在椅子上，好像在冥思苦想着什么重大问题。老伴儿杨德水歪着头瞟了她一眼，偷偷地笑着，她能有什么大事可想？无非就是娘家的那些破事。"唉！真犯不着。"他悄悄用鼻孔轻轻"哼"了一声，都没做错什么事，烦什么呀？都快一个月了，还放在心上。不过他心里想归想，在具体行动上还是很体谅王桂英的，这段时间也乖乖地宅在家里争抢着做些家务，无事不出门，坐在阳台上独自下着象棋，默默地陪伴着王桂英。

往事一幕幕在王桂英脑海里轻轻掠过。20世纪60年代初，

117

老百姓的生活根本不能与现在相比，上班族一个月有三十多元工资，家里能紧紧凑凑过日子就已经不错了。王桂英生长在市郊区的一个小镇上，父母都是镇上小厂里的普通工人，两个人收入加起来还不到六十元，日子过得十分拮据。可奶奶却是个老封建，都已有两个孙女了，还硬逼他们再生个儿子。在王桂英十六岁那年秋天，家里终于有了个叫王小宝的弟弟，父母都得上班养家，奶奶一个人做家务还管带小宝，确实不行。一天晚上父母对王桂英说："桂英，奶奶年纪大了没法管带弟弟，你是老大，只能让你留在家不上学了。"这哪是商量啊，就是命令。王桂英听了如晴天霹雳，一下子惊呆了，委屈、痛苦让她当着父母的面伤心地号啕大哭。但伤心归伤心，家里的事是案上钉钉，明摆着、清清楚楚，尽管王桂英心里有一万个不愿意，也没办法，刚上初三的她，只得被迫辍学回家带弟弟做家务。

看到班上的同学考上了中专、高中，高兴地实现了心中愿望，她心里那个委屈啊！其实豆蔻年华的少女，谁没有个梦想？王桂英一个成绩优良、模样标致、亭亭玉立的少女，现在却像个小保姆，整天背着弟弟帮着奶奶做家务，由于母亲上班，只有中午吃饭和傍晚下班回家才能给弟弟喂奶，没奶吃的弟弟就更加吵闹，这让王桂英本来就忧伤的心情雪上加霜，常常独自悄悄流泪。

看着王桂英边想边擦着眼泪，杨德水心里也不是个滋味，他倒了杯茶送到她手上劝说着：都是气头上的话，过段时间就没事了，不要放在心上，自己身体要紧。

唉！藏在心里的这些往事哪能忘得了？家里的两间平房还是太爷爷留下的，既小又破，有了弟弟，家里六口人实在是挤不下。父母决心建房，第二年春天，这天晚上父母亲又对王桂英说起建房之事，为了省钱，泥水小工就由她和十五岁的妹妹王桂兰承担。全家东凑西借，利用暑假两个月时间，家里的两间平房换成了三间二层的水泥砖瓦楼房，虽然姐妹俩有了自己的闺房，但高兴之心远远填补不了姐妹俩身心的艰辛和酸苦！一年最热的两个月，她们起早贪黑，挑砖抬瓦，拌沙灰，脚手架上爬上爬下，手上不知磨破了几层皮、流了多少血、摔倒多少次，房子建好，两个少女浑身是伤，都成了两只干瘦黑猴了。可如今倒好，建房时还在吃奶的兄弟王小宝却说："滚！真不要脸，都嫁出去几十年了，嫁出去的女儿泼出去的水，这房子跟你们搭啥界？"造孽呀！这种话都说得出？谁听得下去！两姐妹听了气得浑身发抖，说不出一句话来。

王桂英回头感激地看了丈夫一眼，她心里十分清楚，要是家里没有那次弟弟出生、建房子的变故，哪里会有今天她和杨德水这个家庭！在她心底里满满的全部都是感激和幸福，结婚几十年来，她在这个家庭从来都没有受到过一点委屈，杨德水哪天不是在爱护关心她？呵护着这个家庭的和谐幸福？她就是一个小老百姓，没有过高的奢望，有这样的丈夫、这样的家庭，她对自己的生活已经满意得再不能说出一个不字了。

因为建房，沉重的债务又叫全家人愁眉不展，弟弟三岁时，王桂英对父母说，弟弟可以上幼儿园了，她要去寻找工作，帮助家庭还债。父母无话可说，王桂英终于可以抛掉家庭的沉重负担，去寻找自己的人生，她向往去大城市生活，尽量能离家稍远点。经过多次努力，机会终于来了，她获得去省城一家大型国有棉纺织厂工作的机会。那时纺织工人的活儿并不轻松，但王桂英还是坚持要实现自己的愿望。如今，她觉得比起初中同班同学，自己的命运并不比她们的差。有人说人的命是老天定，性格是父母生你带来的。我倒是觉得，传承了父母基因固然有，但人的性格、品行的形成，很大一部分是来自从小环境的影响。王桂英那种吃苦耐劳、坚忍不拔、风风火火的性格，多半是因为她从小到大的生活环境，慢慢形成了自己性格，一个人就是有好运摆在面前，还是要自己去争取、拼搏，人生之路是自己一步一步走出来的。

当时的国有企业待遇好，尤其是这类大型国企名声在外，让人羡慕。但纺织厂里普通操作工也是特别辛苦，三班倒、工作量大、时间牢牢绊住，纺织机在不停运转发出巨大噪声，人在机台中间来回运走，机器不停人绝不能停，一班下来，眼花、耳聋、双腿酸痛。王桂英从小帮着家里做各种事吃苦惯了，对工作累点并没有多大感觉，她拼命工作，同事领导都喜欢她。一个人工作在外，她也没有感到孤单，大城市的繁华喧嚣，身边这么多小姐妹天天在一起，她惊喜、兴奋！到了工厂，开始她迫切想了解新的环境，适应这种新的生活，这让她整个人处在一种充满希望的兴奋状态中。后来王桂英认识了本厂机修工杨德水，双方合得来就交上了朋友。杨德水父母在市里另一家工厂上班，都住在本市。王桂英在厂里这么多的女工中，相貌也算是中上，更重要的是她本人贤惠、勤劳、朴实，杨德水父母一见面就中意。王桂英父母听说女儿找了个城里男人，更是高兴得不得了，双方父母都喜欢，婚事很快促成了。结婚后，王桂英回家次数就少了，逢年过节带着丈夫一起回家住几天，跟父母弟弟妹妹聚聚，到有了儿子，她回家次数就更少了。

桂兰突然推门进来，才把桂英从沉思中唤醒。两姐妹从小在一个被窝儿里长大，感情亲密得很，姐妹相逢总有说不完的话。妹妹桂兰卫校毕业被分配到县城第一人民医院做了一名护士。虽叫县城但在当时也还只能算是个镇，只是比老家小镇大多了，因为是县政府所在地，改革开放后县并入省城改成区，规模又比原来扩大不少。她工作表现好，人缘不错，受到医院领导重视，在医院没几年就入了党，还被提升为护士长。王桂兰二十六岁和本院一位主任医师结了婚，生有一女。姐妹俩虽都有了家庭，但仍来往很密切，桂兰有事无事总喜欢往桂英处跑。今天也是桂英打电话叫妹妹过来的。

"姐，这么急叫我过来，啥事呀？"桂兰还没有坐下就摇着桂英的肩膀问，桂英叹了口气，道："还不是为了那个讨债鬼！""不是已经解决好了吗？跟这种人还有啥好说的……"桂兰一边朝桂英白了一眼，一边用鼻子狠狠地哼了一声。桂兰提起弟弟，心里就特别恼火，其实桂英的心里也好不到哪里去，世上哪有这样的弟弟！王桂英一下子也难开口，只是对着桂兰摇摇头深深地叹了口气，杨德水给桂兰泡了杯茶，便知趣地悄悄退到厨房去准备中饭了。

弟弟王小宝，前面已经说过比王桂英小了整整十五岁，但在家里面他就是太上皇。尤其是奶奶，整天是把他含在嘴里，只要他稍有点哭声，就会呵斥王桂英。父母亲把他当作心肝宝贝，从小到大，好吃的、好穿的、好玩的都归他，不管王小宝做了错事还是坏事，都不是个事，从不会责怪他。这种没有原则的溺爱，我不用多说读者都已经猜到，肯定不会是什么好货色。王小宝勉强混到高中毕业，大学考了两次都没考上只好作罢，父母亲给他在镇上找了一个工作，不到一个月就嫌太累不干了，高中文化，哪能找到什么好工作？父母东托西求，好不容易弄到社区去做助工，工作确实不累，可每天要和居民大爷大妈打交道，还要协调做思想工作。这对从小娇生惯养、唯我独尊的小宝来说可比登天还难，要他轻声细语地去赔笑讲理？哈！没三句话，就跟人家吵了起来。也是一个月后，社区主任摇头了，王小宝更不愿意干，只能待在家里啃老。父母都有退休金，待就待吧，在家里等等机会再说。这倒好，他整天晃荡在社会上，学到了一身"好本事"，抽烟、酗酒、赌博，整天和一些不三不四的男男女女混在一起。

父母实在没办法，搬来了两个女儿来劝说这宝贝弟弟。王小宝油盐不进，反而瞪着眼睛恶狠狠地责问桂英、桂兰："吃你们的啦？管得着吗？"接着他又瞪着父亲说："两个老死尸，吃得有趣呀！弄两个泼出去的外人来多管闲事。"说罢扬长而去。

"你？……"父母亲也只能唉声叹气，桂英、桂兰听了也气得要命。这种人品德行，还不是你们宠惯出来的？从小就谁的话都不听，现在还会听你的？要不是看在父母面上，我们才懒得管呢。还是王桂兰有主意，她对父母说："爸、妈，我们

生
命
之
歌

122

管不住他，给他找个厉害点的老婆收拾他。"大家都觉得对头，便点头认可。

此后全家都在暗暗物色中意的姑娘，不久就看中了小镇附近村子里的一位叫王依玲的姑娘。她家中爷爷、奶奶、父母都健在，下面还有个弟弟，条件不太好，关键是姑娘长得水灵灵的，十分能干，家中大小事均由她拿主意。见面那天，桂英、桂兰他们两对夫妻都来了，王小宝今天一反常态，懂事听话、谦虚有礼，装得像个有文化教养的帅哥，他是第一次正式谈对象，听说姑娘长得漂亮，心里特别高兴。姑娘是随着娘舅一起来的，俊俏、文静，言谈举止得体，赢得了全家喜欢。姑娘也姓王，父亲特别看重这点，小宝看中的是女方长得漂亮，女方看中的是男方的条件，大家都满意。事情很顺利，不到半年，双方就登记筹备婚礼了。结婚酒宴是在镇上最大的一家酒店举办的，两家合在一起，热闹非凡，漂亮的新娘优雅得体的举止，获得了全场赞叹！

第二天晚上，因明天桂英和桂兰他们两家都要回去上班，全家团聚在一楼客厅里。两位姐姐本来想代父母跟这对新人说道几句，没想到新娘依玲却先开了口："爸、妈，姐姐、姐夫，昨晚我和小宝商量了。"依玲停了停又看了大家一眼："小宝和我暂时还没工作，父母年纪都大了，要过日子总得靠我们自己。咱家里地段在镇中心，又是临街，我们想在家里一楼破墙开个食品店。这样既可在家照顾父母，我和小宝又能做点事，减轻点家里负担，想听听你们的意见？"

父母听了吃了一惊，桂英、桂兰听了既高兴又惊奇，她们不得不佩服新来的弟媳的精明、胆识、手段！全家多年来搁在心里的心结，被这位刚进门两天的弟媳挥手就破解了。这样一来，不仅解决了弟弟的工作问题，最主要的还是王小宝已经被她用无形的金箍罗儿紧紧地箍住了。

不等父母表态，桂兰朝桂英看了一眼立即表态说："太好了，我赞助弟弟一万元。"

"没意见，我也赞助一万元。"桂英看着妹妹笑了笑，心想这个丫头，都不跟我商量下就立即表态了，可心里还真高兴。

依玲见小宝不吭声，急忙站起身，先朝着父母，又对着桂英、桂兰边鞠躬致谢边大声说："谢谢爸妈！谢谢两位姐姐！"

店很快开起来了，桂英桂兰回家来帮了几天，一楼的三间外间除了走道楼梯外，都利用起来，小店是以油、盐、酱、醋、米等其他食用品为主的副食品店，一旁空格上还放上一些时鲜蔬菜。看上去整个店摆放得整洁、美观，布局错落有序，柜台外面左、右靠墙各放一张长椅，供需要坐的大伯大妈休息，一看就让人觉得店主十分精明、能干。开张那天桂英桂兰又赶回家祝贺，依玲一见到她们，立即拿出账本来说："大姐、二姐，这是建店到现在的全部收支记录，你们查看下。"

桂英桂兰推托后就随便看了下，父母所有的存款六万元，加上桂英桂兰的两万元，依玲他们家也凑了两万元，共收集十万元左右，开店所支出费用，一笔一笔都记得仔细、明了。

"好！好！"桂英桂兰她们看了真是赞不绝口。

依玲又对二位姐姐说起食品店的分工，小宝主要负责进货，她自己站店、掌管财务，父母如有空也帮忙站站店。看到父母那个高兴啊，她们嘴上不说，心里却想：小宝真是前世修来的福气，摊上了这么个聪明能干的媳妇，她们两个做姐姐的终于可以松口气了，家里她们也完全能放下啦。

小宝结婚后等他们的女儿四岁了，依玲又生了个儿子，父母高兴得不得了，天天把孙子抱在怀里，连傍晚出门散步，也要推上个小车把孙子带去遛遛。不久，小宝他们在镇上买了套商品房。日子像流水一样，悄悄地逝去。表面看上去还算安稳，家里也没发生什么大事。

王桂英五十岁那年，母亲突然患上大病，在市里一家大医院住了大半个月才出院。为了方便治疗，桂英就把母亲接到自己家里，可老人没有福气，患了这种不能医治好的病，半年后病又复发。医院直接对王桂英说："不必医治了，回去准备后事吧！"桂英把母亲送回家不到半个月，母亲就离开了他们。

送走了母亲后，桂英和桂兰回家次数就更少了。那时家里小店早已经不开了，小宝的一双儿女已经在镇上分别就读初中、高中。依玲去了一家公司做财务，小宝没固定工作，有时候做点小生意，替人跑些业务。常在外面混，老毛病又犯了，无事便又去赌，常深夜回家，夫妻二人经常吵闹。王小宝的恶习家里没人劝得了，父亲气恨交加，整日唉声叹气。

这天，桂兰来跟桂英商量，父亲身体越来越差，接到她这边住一段时间，让他散散心，她那里医疗也方便。到时候父亲她们两家分别住住，让他晚年过得舒服点。但父亲心里割舍不下儿子孙子，住了不到一年还是回到了自己家。在母亲去世的第三个年头，桂兰也退休了，可是父亲也在这年患上重病，要想靠小宝来照顾父亲那简直是个笑话，他在给两个姐姐的电话中说："爸不是我一个人的，他叫你们回来。"桂英和桂兰急忙分别回家来照看着父亲，没几个月，父亲也离开了人世。父母去世后，桂英和桂兰除了清明回家到父母坟上看看，一年也是难得回家，小宝把赌博当成工作，夫妻也吵到离婚边缘。

又过了几年，这天桂兰匆匆赶到桂英处，见到桂英第一句话就说："姐，听小姐妹说，咱家的老房子拆迁了，分得四百五十万元，小宝全部领走了。"

"啊！这可是父母的遗产，怎么不跟我们说一声？"桂英惊异地盯着桂兰。

两姐妹商量后决定回去问问清楚，到底怎么回事。

"同你们搭界吗？"王小宝面对桂英桂兰的责问，开始推说不知情，后来说分拆迁款早着呢，八字还没有一撇。看看实在瞒不下去了，只好破罐子破摔蛮横起来。

"什么搭不搭界？父母的遗产！你竟不跟我们商量！"两姐妹见小宝这样不讲道理，心里火了起来，桂英也放大声音说。

王小宝将右手臂挥了挥说："好了，好了，乱什么乱！老子是户主，爸妈死了，这个家就是我的。"

王桂英盯着王小宝，这个没良心的东西！她真想过去打他两个巴掌，她指着王小宝的脸说："这个家是你的？哼！我们和爸妈造这房时你还在吃奶，好不要脸。"

这时王小宝从椅子上蹦起来，凶狠地对两位姐姐吼道："你们嫁出去几十年了，泼出去的水，还想回来跟老子夺家产？门儿都没有。我是户主，识相点，一个人给你们十万，不识相，给老子滚！"

看了王小宝无法无天的样子，王桂英气得话也讲不出来。桂兰也气得要命，她也指着王小宝说："你不要弄不灵清，我们是你姐，不是叫花子。事情不要做绝，现在是法治社会，你不讲理，自有讲理的地方。"

小宝挥挥手说："哎哟，我吓死了。随你怎么弄，滚了。"

王桂英气得无语，她突然想到死去的父母，眼泪再也忍不住了，桂兰连忙拉住桂英转身就离开了。

依玲回家后知道姐姐她们来过，急忙出门打电话寻找两位姐姐，想把她们接回家去，她赶到旅馆告诉她们："知道房子要拆迁的事，就想通知两位姐姐，可小宝坚决不同意，还说如果告诉你们，小宝就要跟我离婚。这钱什么时候拿来，我一分钱都没有见过，他说跟我不搭界。"三人谈了很长时间，看两位姐姐不肯回去，依玲也就告辞回家了。

又过了半个月，王小宝接到法院传票，要他十五天后去法院开庭。开庭那天，王小宝见到两位姐姐就开口大骂，被法官严肃禁止："这是法庭，不许扰乱！"

"双方同意调解吗？"法官又问。

"同意。"桂英和桂兰异口同声说道。

"不同意。"王小宝说。

"涉案房产是你们父母生前建造的？"法官问。

"是的。"原、被告都认可。大姐王桂英在法庭上陈述了建房前后经过，并提供了相关证据。

"你们父母去世前是否立有遗嘱？"法官继续问。

"没有。"原告回答。

"父母口头答应过房子归我。"王小宝急忙说。

王桂英和王桂兰补充了父母患病及去世前她们一直在身边看护，从来没听到过父母要把房产给王小宝的事实，以及提供了两姐妹归还造房时借款的人证物证。

"遗嘱是指书面有效遗嘱，无物证、无人证，凭你一个人说父母口头承诺过，无法证明有效。"法官明确回答。

整个案件事实已经十分清楚，法官耐心地劝说王小宝看在骨肉同胞的情分上，双方协商下友好解决纠纷。王小宝坚持说自己是户主，两位姐姐已经出嫁几十年，还来争房产，什么狗屁骨肉同胞情分，看在父母的面子上，最多给她们每人二十万元。王桂英和王桂兰不同意，法院最后告知双方调解无效，等候法院判决。法院判决书下来了，原、被告父母遗留下来的房产四百五十万元征用款，由原、被告共同继承，由于诉前财产保全时已被王小宝挥霍得只剩下四百万，原告王桂英和王桂兰各得一百五十万元，被告王小宝得一百万元，判决生效后，如果被告拒不履行义务，原告可申请法院强制执行。王小宝倒是没有上诉也没有拖延，一个星期后就将钱交到法院，不过他在临走前恶狠狠地对桂英和桂兰说："我们恩断情断，从今以后我没有你们这两个姐姐，我家以后你们再敢踏进来，我就打断你们的腿。"桂英和桂兰听了后，看到她们从小抱着带大，一直牵挂、呵护着的弟弟，这样无情无义，自私狠心，都伤心地流下眼泪。

一起吃过午饭后，桂英才对桂兰说："我叫你过来是有事和你商量：弟弟嗜赌成性、无情无义，这一百万元他没多少时间好折腾，他的两个子女总是王家血脉，两个小孩都未成年，靠依玲一人抚养肯定艰难。看在父母的面上，我想是否我们姐妹各拿出五十万元，作为两个孩子的抚养费交给依玲保管，想听听你的意见？"

"没意见！"桂兰很爽快地回答，"其实我也有这个想法，只是这个钱绝不能让王小宝知道，最好以两个小孩的名义存起来，否则这个混小子知道了又要盯上，对依玲赖着脸皮胡搅蛮缠。""唉！"桂英叹了口气，"还是交给依玲吧，毕竟是她亲生儿女，她知书达理，不会亏待自己儿女的。"

"给依玲打电话，叫她快来。"

桂英和桂兰当着依玲的面，二人各将五十万元打到依玲账上，桂英说："小宝的德行我们都知道，这一百万元我和桂兰早就商量好由你保管，千万千万不能让小宝知道，你们的一双儿女今后要你多费心啦！"依玲听后，急忙跪在两位姐姐面前，抱住她们大腿呜咽道："我替孩子感谢两位姑姑！"桂英、桂兰急忙扶起依玲，三人抱头痛哭一场才分手。

2020 年

一个跳舞的男人

2002 年，我们这里的 N 国道两旁还没有建起密密麻麻的高楼大厦，农民自家搭建的一间间简易饭店、商店、洗脚店倒是不少，专门招待那些四方的来往过客。那天，我检查卫生回来，因过了单位吃饭时间，顺便就在马路边找家小饭店随便吃点。这家小饭店老板很懂得经营，他在饭店前面留出约五六十平方米的场地，正好将饭店与马路隔开，地面打压得十分平整，上面铺着一层薄薄的淡黄色细沙，两旁整齐对称地放置着几盆花草，还有假山。这样，场地就有点像公园，中间的空场地既可方便客人停车，又能让他们观赏盆景，美丽且雅致。有了这些精心布置，来吃饭的客人自然就要比其他马路饭店多点。

此时的场地上一群人正围着一个在起劲跳舞的男人。

"呐？这大白天也有人在跳舞，真浪漫开放！"我觉得奇怪，也凑了上去。随着节奏，男人的身体时起时落，手臂和双腿协调地相互配合着，他的舞很特别，**像快三**，也加有探戈舞步，又好像掺杂着伦巴、斗牛舞的舞姿，时而又夹杂着一些中国的武术动作。虽然看不懂他跳的是一种什么稀奇古怪的舞，但他整个人所表现出来的神态，再加上身体、手臂和双腿协调地配合在一起，一连串复杂多变的动作，时快时慢的节奏，使得舞姿既柔软流畅，又展露出男人的刚健有力。看得出来，他是用心在跳，面部严肃深沉的表情，说明在他内心深处正汹涌着一种丰富复杂的情感。他好像完全陶醉在自己的舞蹈中，随心所欲，一点章法也没有，但你又不得不承认他们舞蹈确实很美，看着他自由、**流畅**的舞姿，会让人从内心有一种痛快、舒畅的感觉！我想，如果他从小能受到专业训练，也许会成为一个出色的舞蹈家。

"他是谁呀？"我轻轻地问旁边一位年轻人。

"哦，他呀，哼！附近沈店村人，脑子有点毛病。"停了一下又觉得还不够轻蔑，需要补充些什么，**就说**："他叫周小贵，运气好，去年他家老房子、自留地被征用，分了新房又补偿了些款项，哼！有钱了就开始作孽了，买了部摩托车跑到各处去发疯。"

原来是他呀！我听过他的事，就是没见过他本人。周小贵大概跳累了，停下来朝着四周看看，向人群拱了拱手说："谢谢！"就默默进了饭店。年轻人脸上露出十分鄙夷的表情，瞧这副德行！如果说他是出风头或是卖艺的，但二者都不像。

周小贵母亲生他时年纪已四十出头，用我们当地的俗话说："女人四十九，生只关门狗。"父母老来得子，重要的是家里就这么一个孩子，宝贝中的宝贝，当然宠溺得不得了！虽说是穷人家，但父母亲对他也是娇生惯养，不要说帮忙干点活儿，都八岁了，父母还常把他抱在怀里。上学后，老师批评他，周小贵就哭。若同学欺负他，他父母就会去找同学家长拼命，弄到最后，老师不敢去批评他，同学们也不愿意跟他玩耍，都有点怕他了。所以，无论在校内还是在校外，他总是孤孤单单的一个人，学习成绩在班里也只能算是中等。不过周小贵胆子小、听话，从来不会去惹是生非，这是他的优点。他学习成绩虽不算好，可唱歌跳舞却早早显示出特有的天分，学校有文艺表演总少不了他出场。周小贵字也写得漂亮，图画更是经常受到老师表扬，他的画常常挂在学校橱窗里，还在县里得过奖呢。后来他总算完成了高中学业，但高考不中，只能整天待在家里鼓捣那台老式电视机。那时候村里的田地也逐渐被征用，田不用种了，大家各自寻找着出路。周小贵家也分得几十万元补偿款，这点钱虽不多，但在周小贵父母眼里珍贵得很。老头子在镇上摆了个小菜摊，赚点小钱用于全家开支，补偿款尽量不去动，留着给儿子讨媳妇用，但儿子长大了总得有个工作呀。

这天晚饭后，父亲看着周小贵说："小贵，你也大了，该去做点什么事啦！"

"做什么呢？"小贵一脸茫然认真地看着父母。咦？他突然觉得父母怎么变得这么老了，他第一次内心感到有些害怕，是呀，怎么不老呢？母亲六十多岁，父亲都七十出头啦，是该做点事替父母亲分忧了。

"唉！"父亲摇摇头，轻轻地叹了口气。

父亲托了很多人，周小贵终于到一家社办加工企业里上班了。他这个人老实，又不愿意和人多打交道，可厂里面的同事却偏偏缠着他。今天领导刚刚叫他把那车材料拉过来，不多时另一个人又叫他把那个零件搬过去，这个叫他把工具拿过来，那个又叫他过去帮忙抬一下什么物件。到后来甚至连工友倒杯水、出去给买包烟都是使唤他，呼来唤去，一天到晚忙得头昏脑胀，算什么呀？就是个打杂的小佣人！老板还嫌他不务正业。最叫他气恼的，大家知道他老实可欺，谈笑间总拿他开玩笑，烦时就拿他当出气筒，有事就拿他当挡箭牌。

周小贵虽也生活在社会底层，但好歹是个高中毕业生，也算是个有点文化的人，他心地善良，思想纯真，觉得社会上的一些劣根性在底层表现得更为明显，恃强凌弱，见权贵吹拍，见弱小欺压，他心里很厌恶。

这天周小贵又在厂里受气，晚上回家就对父母说："爸、妈，烦死了，我不想做了。"

父母平时也听别人说起厂里的一些情况，知道小贵在厂里被同事欺侮了后也气愤心疼，但也没有办法帮儿子。现在儿子说不愿上班，就说："心里烦，不想做就不做，另外再想想办法。"

小贵在家里待了半年，父母又托人让小贵去了一家公司办公楼当了保安。保安工作只是管好大门，三个人轮班休息。白天有时两个人，一个人轮休。主要工作是对来往人员车辆做个登记、公司报刊信件收发转送下，公司有事叫他们跑个腿什么的。晚上班从下午 5 点到第二天早上 7 点，一人值班，来电或有急事须电话转达就转达，一般就做个记录等明天交个班。到了深夜，还能在值班室里偷偷睡一觉，制度上是规定晚上要在整个公司楼上楼下巡查两次，但公司领导睁一只眼闭一只眼，也没有严格要求，所以保安也乐得偷懒，晚上就待在大门口值班室里，很少出去巡查。工作简单、轻松，人际关系也不复杂。保安工作在公司头儿眼里本来就是个摆设，没有什么地位，周小贵生来就不愿意和别人争权夺利，更不在乎什么地位不地位的，他独来独往，心安理得。

这天父母问小贵："儿啊，上班可还开心？"

小贵觉得工作不累，又无须和别的人过多交往，独来独往、自由自在，就回答说："马马虎虎。"

父母听到后总算放下心来，小老百姓对生活本来也没有过高的要求，只要平安无事，小日子能过下去就行。这段时间，周小贵父母也很开心，儿子工作总算有着落了，只要等房子再重建好，儿子就可找媳妇成家了。

这天晚上周小贵值夜班，和往常一样，夜深了，见无事他便躺在沙发上睡着了，等他醒来时，上白班的保安已经来接班了。上午十点值班室来电话叫他回公司开会。什么鬼事情，非要上午去公司？周小贵一肚子怨气赶到公司，他看到许多警察在公司，而且他被直接叫到了公司老总办公室。什么情况？周小贵吓了一跳。原来昨晚公司财务保险柜被撬，巨额现金被盗。周小贵一个人在公司当班，他被作为嫌疑对象带到派出所，其实是叫他去协助调查，老百姓不知内情，看见周小贵被带去派出所，就说他是被派出所关了。家里父母得知儿子被关，都吓呆了，母亲还跑到公司大厅里，一边在地上打滚一边大哭大喊冤枉。还好，最后公安机关从厂外马路电线杆上的摄像头中调取公司外面的监控画面，才锁定从围墙翻进来的真正盗贼。但公安机关严肃指出：公司财务管理松弛，制度不严，保安工作不到位，必须整改。这样，事情是犯在周小贵当班时间段，毫无疑问，没有背景的周小贵理所当然地成了名副其实的责任替罪羊。幸好盗贼已抓，巨额现金也已经追回，不然，周小贵的下场绝不是只在派出所关一天、开除工作那么简单了。

　　老实巴交的一个农民家庭，突遭这么大的变故，弄得一家三口不知所措，父母担惊受怕了几天，周小贵被开除回家后躺在床上想了很久：保安晚上值班睡觉又不是从他这里开始的，深夜无事打个瞌睡也是被允许的，再说公司也没有告知，财务室铁柜里存放了十几万元的现金需要守护？盗贼从后院翻墙进去我怎么知道？现在事情清楚了，财务部门不被问责，却把责任全部推给我，开除了我，明显又是恃强凌弱。他在床上整整睡了两天，起床后第一句话："爸、妈，我再也不去做什么狗屁工作了。"

　　"唉！"二老相互看了一眼，心痛地叹了口气。

　　小贵待在家里除了早晚送接父亲将菜摊开张、收摊，大部分时间就是折腾家里那台破电视机，频道翻来翻去没啥看了，就去拿张白纸画几笔。其实，周小贵也不愿意待在家里，无聊的日子让他感到茫然、恐慌，他也想有个工作让自己充实些，能给父母减轻些负担。但他实在害怕这些同事又会想着法子来欺负他，更看不惯那些高高在上的头儿的傲慢嘴脸，周小贵讨厌他们！这世上只有父母亲对他最好，只有和父母亲生活在一起，他才觉得安心快乐。

当时这里也流行跳交谊舞，小镇上开了好几家舞厅，小贵吃过晚饭就往小镇上跑，花一元钱买张门票，就可以从晚上六点半跳到十一点关门，如再出五角买杯茶，累了就一边喝着茶一边看别人跳，无忧无虑，与世无争，他觉得这是一种享受，也是一个可以躲开一切烦恼的港湾。小贵身子瘦长且柔软，又有跳舞天分，不管什么舞一学就会，他这一跳就跳上瘾啦，镇上的一家家舞厅都去跳过，而且每天都不落下。这把家中二老愁坏了，花钱不说，哪有一个小伙子天天去搂着女人跳舞的道理？都跟他说了多少回了，小贵也不听，好像着迷上瘾了。对这个儿子，二老实在没有办法。

"老头子，去叫小贵娘舅来。"这天晚上老太婆说。

二老对小贵娘舅说："兄弟啊，小贵天天迷在舞堆里总不是个事呀！"

小贵娘舅抽着烟沉思半天才说："给他找个对象结婚吧！"

娘舅的意思很清楚，既然大人的话听不进去，只能找个媳妇来管管他。二老也觉得这是个办法好，就跟小贵说起结婚的事，他不说同意，但也没有反对。

本地姑娘要求高，要房子要车子什么的，父母没办法就花钱托人介绍了一个外地叫张妮敏的姑娘，长相不错，江西人，才二十岁，在镇上理发店工作。张妮敏老家是江西山区，比这里穷多了，她看周家靠镇上近，来去方便，家里又只有简简单单三口人，小贵长得也不算难看，看上去人也老实，经济条件表面看上去一般，但她也了解过，他们家土地刚被征用，有钱，就基本上同意了。周小贵见了姑娘面后也没多说，倒是父母看了十分中意。小贵一副随便、任人摆布的样子，父母中意就中意吧！没几天，小贵就带着张妮敏去跳舞了。很快二人要结婚了，父母开心得要命，花了十几万元把两间老楼房重新装修过，添置家具，购买金器，像模像样地把周小贵的婚事办了。

小贵结婚没多久，这天晚上张妮敏靠在床头对小贵说："小贵，一个大男人沉迷跳舞不好，不要去了。"

"噢，不去了。"小贵在一旁很听话。

过了几天，晚上张妮敏靠在床头又对小贵说："小贵，这么大个人，不去找个工作做做？"

"唉！做过两回了。"小贵叹了口气。

"怎么啦？"张妮敏看了小贵一眼。

小贵也斜了张妮敏一眼，他知道老婆明知故问，便说："暂时还不想去找工作，反正老爸的菜摊也需要帮忙。"

小贵是不去跳舞了，可恋上了棋牌室，村子里就有两家棋牌室，只需走几十步就到了，方便得很。小贵不管是打牌还是搓麻将，他都有他独特的方式，每次晚上去棋牌室，他身上只带五元钱，输完了就起身站在一旁静静观看别人打牌搓麻将，不管输还是赢，到九点半一定回家。这一个月下来算算账，他总是赢得多，他把去棋牌室的钱单独存放在一个盒子里锁上，这样不到半年，盒子里的钱已经从放进去的一百元增加到五百多元，他微笑着轻轻地又把盒子锁上。

这天晚上张妮敏还是靠在床头对周小贵说："小贵，你怎

一个跳舞的男人

么把舞厅换成棋牌室啦？"

小贵心里有点烦了，说："怎么啦？小搞搞玩玩的，我又没有输！"他下床拿出盒子打开给张妮敏看，"看看，我半年赢了五百多元，给你。"

"哼！谁稀罕你这点钱。"张妮敏一把推开小贵手上的盒子，脱衣就睡下了。

这晚被窝儿里，张妮敏第一次用一个光背脊对着他，小贵看了也翻了个身，二人背对着背同睡在一个被窝儿里，各人想着各人的事情。用文绉绉的话说就是"同床异梦"。

小贵结婚刚一年，父亲突然患了大病，家里就像天塌下来一样。父亲已经七十多岁了，家里土地征用款已经用得差不多了，可父亲的病仍无好转迹象，父亲坚决要回家，也不吃任何药。他的身体一天比一天衰弱，最后已不能下床、吃不下东西了。父亲好像知道大限已到，他拒绝医治。这天，他把小贵母子叫到床前，用尽最后一点力气从被窝儿里拿出一个纸包，拉着小贵的手，喘着气，一字一字地对小贵说："这是……八万元钱，我不能……陪你们……了，……照顾好你妈……"父亲艰难地说完这句话就离开了人世。

送走了父亲，母亲接手了菜摊这活儿，接送母亲仍然是小贵的活儿，他自己不愿意、母亲也不让他站在摊位上卖菜，靠这点收入，家里也只是勉强度日。周小贵生活也还是和平常一样，张妮敏一天突然对小贵说："老板要把店搬到市里去了，我们关系很好，一定要我同去，只是不能每天回家了。"小贵看了她一眼，什么话也没说，他不笨，知道说了也没用，母亲也只是叹了口气，摇摇头走开了。开始，张妮敏还是每星期回来住一个晚上，后来改成半个月或一个月来一趟，最后干脆不回来了。小贵打电话给张妮敏，她总说忙，匆匆就把电话挂了。母亲看情况不对，便跟小贵说："小贵，事情不对了，你要去城里找找她呀！"

小贵厌烦地说："地方都不肯告诉我，去哪里找？"

母亲摇摇头，不停地叹着气。小贵心里明白，他跟张妮敏的婚姻不会太长了。前段时间，他在床垫下面发现一张婚后检查节育环的诊断书，小贵没有告诉母亲。原来张妮敏很有心机，她早有准备，周小贵知道了为啥生不了孩子的原因。他想自己这副德行，也难怪妻子。目前情况这么明显摆在那里，他知道这是怎么回事。婚姻强求不得，该来的你挡不住，要去的你也留不住，他早做好了心理准备，只是静静等待着这一天。

又过了大半年，这天老板陪着张妮敏回来，张妮敏终于开口向小贵提出离婚。母亲哭闹着说张妮敏没良心，为了他们结婚花了二十多万元，像是做客人，说走就走，一点道理都没有。"你一定要离婚，总得赔偿我家损失。"小贵坐在桌旁一声不吭，张妮敏站起身来："妈，花钱是为你儿子结婚，离婚是我们性格不合，他这个样子，我和你儿子怎么过一辈子啊？"

"不行，彩礼、金器一定要还给我们。"母亲气愤地说。

张妮敏看着小贵说："我好歹也陪了你们两年多，从来没有向你们提过什么要求，我自己有工作，虽然不多，但逢年过节也没少你们二老孝敬钱，做人总得讲点良心。"张妮敏也不肯让步。

　　小贵一声不吭，母亲又不会讲话，其实明白人一看就知道他家是同意离婚的，就是想要点经济补偿。这时，张妮敏的老板也站起身对小贵母亲说："大妈，我是个旁人，就劝几句，夫妻讲个缘分，既然缘分没了，不如大家好聚好散！"他停下来看看大家，又说："彩礼你们是亲手送给妮敏父母的，金器是买给妮敏的，我今天做个和事佬，妮敏的金器还给你们，三四万元彩礼嘛就算了，一定要讨回，也得由妮敏娘家出面呀。"说完老板拍拍妮敏肩膀，这意思就是叫她不要再争了，客客气气算啦。

　　小贵看到母亲不说话，就对张妮敏说："好了，夫妻一场，就这样吧。什么时候去办手续？"

　　张妮敏拿出金器交到了母亲手里，抱了抱母亲说："妈，我也没办法，我和小贵实在是性格合不来。"

　　母亲眼泪汪汪地望着张妮敏，小贵心里一阵难过，他知道妻子一定要离婚的原因是看不起自己，他不是偷懒不去工作，他是担心工作了又要受人欺侮，既然惹不起别人，就只有躲开别人。张妮敏要离婚他也无话可说。他从小到大，不吵不闹，不偷不抢，老老实实做人，到头来落得这个下场！他心里难过，只是觉得自己的命为什么这么苦。有什么办法呢？他赶紧上楼去拿身份证、结婚证等去政府办了离婚手续。人生无常！老实人百遇到伤心事，也只能强忍着罢了。

　　离婚后，家里更加空荡荡了。其实从外表来看，自从父亲去世后，家里一直就是这样了，不过在别人看来，周家总还有个媳妇在，等以后有了小孩子，家里就会热闹起来。现在好了，媳妇离了，心中的希望破灭了，家里真真的空荡起来了。母子相依为命，早上五点母亲就起床随便弄口早饭，母子匆匆吃了，就赶紧将昨晚准备好的各种食材装上三轮车赶往菜市场，等摊位准备就绪，小贵才慢悠悠回家。快中午了，小贵又去接母亲回家，下午小贵还得开着三轮车去采购明天要卖的菜。忙忙碌碌，日复一日，小贵的心里烦透了。

这天他对母亲说："妈，能不能不去卖菜呀？"

"不卖菜，吃什么？你又不肯去打工。"母亲叹口气，心里有说不出的伤心。她心里想：我现在是硬撑着，等我实在做不动了，这个家怎么办呀？她咬着牙对自己说，就是拼了命，也要赚点钱存起来给儿子再娶个媳妇。小贵也很想帮年迈的母亲，可想到要是再打工就又要被关在厂里，还得受人欺侮，心里也很窝囊、无奈，只能过一日算一日。他实在不愿意去打工，就只能尽量帮母亲多做点活儿。晚上，和往常一样，小贵仍旧去棋牌室度过那难得的几小时的悠闲时光，一成不变，他五块钱输完了就起身站在一旁静静观看别人打牌搓麻将，无论赢了输了，到九点半准时回家，日子艰辛却又平静地过了两年。

这年夏天母亲突然昏倒在菜市场。医生对小贵说，过度劳累、营养不良让老人发生虚脱，更严重的是肝脏硬化并有大量积水，要住院治疗。七十岁的人啦，时日不多了，要增加营养，你要好好陪陪你母亲。母亲在医院住了几日，稍有好转就坚决要回家，小贵怎么劝说也不行，只好将母亲带回了家。母亲躺在床上，菜市场是不能去了，小贵哪儿也不去，尽心地照顾着母亲。他这时心里也很害怕，他害怕母亲也会像父亲那样突然离开他，虽是穷人家的孩子，但从出生一直都是在父母亲的精心呵护下，父母从不打骂他，把他像宝贝一样捧在手心。在小贵心里，父亲是天，母亲是地，他在天地中无忧无虑地生活。现今父亲已经离开，母亲又病危在床，如果母亲也要离开他，他将到哪里去生活啊？

这天，母亲叫小贵扶她坐起，颤抖着递给小贵一张银行卡，虚弱无力地对他说："小贵，妈要去见你爸去了，这里有十万元留给你娶媳妇吧。"小贵听了就抱着母亲大哭起来。

母亲轻轻摸着小贵的头说："乖，不哭，去叫你娘舅来。"

母亲用尽力气坚持着对她兄弟说："阿弟，小贵不懂事，你看在姐的面上，能帮他多少就帮他多少，无论如何要帮他成个家……"

她连着喘了几口气又接着说："娶媳妇的钱我留给小贵了，金器是现成的，虽然少了点，好歹要找一个，周家不能断代啊！"母亲已经拼尽了所有力气，实在再没有力气说话，她闭上了混浊的眼睛。小贵又抱着母亲大哭起来，这时母亲那只枯瘦如柴的老手一直拉着儿子的手不放开，在她干瘪的眼角里慢慢渗出了泪珠。

送走了母亲，家里楼上楼下就剩一个人了，平时家里就很少有人串门，现在更是冷冷清清的，就像一口早已经被人遗弃的干枯的水井，里面静悄悄的，什么声音也听不到。小贵不到三十岁的男人，倒不感到害怕，只觉得心里空空荡荡的，就好像他一个人，突然站在一个陌生空旷无人的荒野中的那种茫然空虚的感觉，心里感觉是一种无限孤独和无助。他把父母的遗像并在一起挂在自己的房间里，希望父母仍能像过去一样天天陪伴他。

这天早上小贵出了门，毫无目标地走着，但他并不是像往常那样去小镇，而是向远处山岗走去。他翻过几座小山，面前有一块不大的平地，他停下来望去，前面仍是层峦叠嶂，四周寂静空无一人。小贵突然大声喊了几声"爸爸""妈妈"就放声大哭起来。等他哭后停下，心里闷得慌，感觉人好像要虚脱那样，他看向四周，天空中，白云无声地慢慢从他头顶上飘过，四周的青山绿树也都静静地望着他，疼爱他的父母已远离他而去，只剩下他孑然一身，小贵又一次深感孤独无助。他仰头大声呼喊："爸爸、妈妈你们在哪里？"空寂的山谷里回荡着他呼喊的回声，小贵心里一阵悲伤，眼泪又默默流了下来。这时，他突然毫无意识地跳起舞来，他先跳快三，后又跳探戈、伦巴，他觉得斗牛舞也不错，就东一式西一式地乱跳起来，这种随心所欲、自编自导的舞蹈，一直跳到把他累倒在地上。他仰面躺着，静静地看着蓝天上在慢慢飘游着的白云，突然觉得心里久压着的忧郁、烦恼都没有了，空空荡荡的大脑有一种从来没有过的茫然，尽管如此，心境却显得无比舒畅与轻松。

跳舞能忘掉心中烦忧，让自己平静下来，渐渐小贵又跳上瘾了，先是晚上他在自家的道地上跳，到后来他白天也敢跳了。开始大家投来了奇怪的目光，过了一段时间村里人会围着看，一些半大不小的男孩子也跟在他后面学着他的样子跳起来，又不是什么坏事，村里的老人、干部也不好说他，看小贵在跳，知道小贵心里不好过，他们心里也很难过，只是摇摇头叹了口气走开了。

　　小贵变成这样，张妮敏也来看过周小贵一次，他娘舅劝她帮帮小贵，二人复婚算了，张妮敏只说了一句话，"等他工作了再说。"娘舅心里也是十分着急，他想劝阻小贵，可说破嘴也没用，周小贵根本听不进去。正愁得没办法时，老天却开了眼。建设新农村，小贵的老房子包括种菜的自留地全被征用了，小贵按照父母三口人计算，分到了一幢三间三层新楼房和九十万元的补偿款。这次小贵娘舅不会放弃这个机会，他要对得起死去的姐姐。他忙前忙后，为了安排好这个外甥今后的生活，他跟小贵谈到深夜。娘舅的意见很清楚，叫小贵把房子简单装修下，在小贵的坚持下，三楼要留给小贵自己住，一楼、二楼装修好全部出租。租金用来给小贵交社保和生活开销，这样小贵生活基本上有了保障。

　　小贵这次很听娘舅的话，他出钱在娘舅的帮助下，房子很快装修好并找到了租户。娘舅又说起小贵的婚事，小贵这次不同意，还是摇摇头说："娘舅，母亲才过世不到一年，过两年再说吧。"

　　娘舅也没有理由反对，他叹了口气说："小贵，我答应你母亲，要帮你把婚事办好，你既然现在不同意，明天我们一起去你父母坟前跟他们说一声。"

　　小贵心里轻松了许多，他把剩余的钱全部存在银行里，自己买了辆漂亮的电瓶车。上午骑着车出门四处逛荡下，找个空地随心所欲地跳起自编自导的舞蹈，然后在外面随便吃点饭就回家，晚上基本上是在看电视、手机时进入睡梦中的。小贵对生活要求并不高，喜欢自由自在，他也有自己的生活原则：节约过日子，房租剩下的钱和补偿款余下的六七十万元存在银行里不动，他不犯错误不违法，但也不会去追求什么理想做什么好事。至于将来怎么样？他也懒得去想，随他吧！只要自由自在就好，反正船到桥头自然直。没有钱固然不行，但突然有了太多的钱，也未必是件好事。不过，后来张妮敏又回来看过周小贵，复婚的条件很简单，还是要小贵找份工作。小贵说，他可以去学电脑、家电维修，在自己家里开个家电修理店。张妮敏听了也没有说话。

结果怎样了？我因工作早已经离开了那里，周小贵以后的情况就不清楚了。

2021 年

平凡人生

　　这里重峦叠嶂，但山并不是很高，山谷里有一块狭长的平地，上面零星地散布着一些排列不整齐的房屋，它们沿着平地排开，有的房屋前后左右相互挨得很近，有的则分隔得较开，那是经济条件较优裕的人家新建的别墅式楼房，如果从高山顶上往下看去，村庄就像一段许多蘑菇疙瘩扭在一起的粗长绳索。和大多数山里村庄一样，一条弯弯曲曲的小溪沿着村庄伴着一条同样弯曲的小路默默伸向重山深处。如今，村庄里的年轻人都出远门了，平时留住在这里的就剩下一些老人和为数不多的小孩。白天村庄看上去就显得空空荡荡，十分冷清。到了晚上，小山村更是如此，在那条寂静无人的小路两旁，只有稀疏的几盏淡黄色的路灯陪衬着。如果有人独自在小路上行走，就更像是一个幽灵行走在黑漆漆的山谷中。沉沉的寂寞，会让你感觉到无边无际的孤单和不断从内心涌出来的恐惧！

　　在靠近村东边尽头的一幢砖混结构二层楼房里，已是晚上八点多了，院子大门仍敞开着。在正门对着大厅里，苍白色的日光灯下，一个老头坐在一张矮桌前，光秃秃的脑袋上只有几撮白色的长头发顽强地横跨在头顶上，那张老黄色暗淡的脸上，一双混浊的眼睛正死死地盯着桌上的棋盘，仿佛是在专心地研究一个迷幻的棋局。那根夹在左手指间的香烟，灰白色的烟灰已经很长了，他仍然没心思去吸它一口，任其默默地燃烧。右手紧紧握住的那只被茶锈涂染得已经看不出它原来颜色的杯子，也是很难得才去喝一口杯里的茶水。这静悄悄到毫无声息的状态，就像夜晚在深山古刹中坐着一尊毫无情感的石像。或者，更形象地说是一个一动也不动的打坐的和尚，正微闭着双眼领悟着深奥教理，心无杂念，万物皆空。这时候，如果有人走到他身边，他也不会管你是什么人，也绝不会抬起头来看你一眼，或招呼你一声，叫你坐下。

其实这里的人大多都不认识他，至少说与他不熟悉，只知道他姓金，从邻县城过来租下了这幢没人居住的房子。至于他为什么每天深更半夜还开着大门不睡觉，独自一人在下着象棋？这个老人身上到底有多少故事或者说秘密，也许只有金老头他自己知道。

金老头儿大名叫金京明，他不认识这里的人，甚至从来也没来过这山村，是熟人介绍他到这里来的。这座已经空闲了很久的旧房，房东开始还不愿意租给他，心想这么大岁数的孤老头子，住着万一出点什么事，这房屋不就成了凶宅？可这环境很合金老头儿胃口，他增加了租金，房东又碍于介绍人的面子，这才让金老头儿把房屋租下来定居在此。

金老头儿平时又不喜欢多说话，这是村子里的人对他的全部认知，也只是知道他姓金，是一个退休老人。故这里的人就管他叫金老头儿，也有些人在打招呼时喊他老金的。其实他根本不在乎人家怎么叫他，反正走在路上碰到人了，点个头、嘴上嗯一声就行。他到村里定居时，带了不少盆景、假山花木什么的，摆了大半个院子。村里也有人做假山、种养花木的，他们有时会来到金老头儿院子里看看花木假山，想跟他说道几句。此时金老头也就是嗯、啊的回应几声，来的人觉得尴尬、无趣，随便看看就回去了。金老头儿弄这些盆景来主要是自我欣赏，没有掺杂着一丝商业成分，他想，既然把它们弄过来了，总要把它们养活，每天浇水、施肥、除虫、修剪这些活儿还是要做的。

金老头儿不想与人多联系，他在这边只安装了一台固定电话，知道电话号码的人不多，偶尔有电话打进来，他先看看来电显示，不熟悉的电话号码就任它呼叫，他本人绝不会去接。安装固定电话时，正逢电信局搞活动，要赠送一部老人手机给他，金老头儿不要，但电信局说是关爱老年人的活动，话费免送半年并不收座机费，盛情难却，他只得收下。可电信局见他一个月没打一通电话，便打电话来询问，这金老头儿也不接，电信局不知道怎么个情况，就不停地打，他就是不接。可这老兄忘了怎么关机，手机不停地呼叫让他心烦，但他拿手机没办法，情急之下，只好打开衣柜，用床棉被将手机裹在中间，再关上衣柜门，这才将手机的呼叫声音压了下去。电信局联系了一个多星期，仍没人接听，最后只好将这个手机号码给销了。

金老头儿放弃了热闹、繁华、方便切且生活丰富多彩的城镇不住，独自一个人躲到深山老林的小山村，深居简出，不和任何人来往。他把自己藏得很深，身上种种古怪的表现，刚开始时，引起山村里的居民很多猜疑，甚至还有人反映到村委会，好在房东租房时带金老头儿去过村委，出示了金京明的身份证、退休证，并将情况都跟村委介绍过了。村长书记只笑笑对村民说："他的情况村里知道，放心吧，是一个退休工人，喜欢清净，为人忠厚老实，没事的，大家回去吧。"

金老头儿品行端正，一生没有任何一件违法乱纪的记录。为人也讲义气，只要他肯，就会帮人一把。只不过性格古怪，一向我行我素，用老百姓的话说就是独来独往、油盐不进。他不会去考虑别人的感受如何，也不听你怎样劝说。金老头儿年轻时和几个朋友一起逛街，常常走着走着他就不见了，回头找他却始终不见踪影，事后才知，他路上突然想到去下棋，就自顾自不辞而别，悄悄找地方跟人下象棋去了。这种事情发生的次数多了，朋友们就见怪不怪，也不去管他了。有一次春节，大家相约去农村朋友家做客，晚饭后一起骑自行车高高兴兴回家。半路上又发现他不见了，朋友们丝毫不急，还说笑他肯定是躲着我们去找女朋友了。直到半夜时他的父母找到大家，朋友们才着急起来分头去寻找，天都蒙蒙亮了，才在公路边田里干稻草堆里找到了正呼呼大睡的他，弄得大家都哭笑不得。

大千世界上的事千奇百怪，人的命运也各有不同，我并不是个宿命论者，但还是弄不明白，有的人奋斗努力一生，可到头来仍是一事无成，平庸平淡一辈子。有的人品行不端，却机遇不断，收获颇丰、人生辉煌！尽管说法不同，但结果总令人费解。难怪有人说：人在冥冥之中，早就有一种未知的巨大力量已经规划好了各人不同的人生轨迹。

金老头儿这一生虽说和大家一样平平凡凡，但也有几件值得炫耀、引以为豪的事件。20世纪60年代中叶，他中学毕业回家，不像同龄青年有着远大理想，他东托西求，不久就被安排到供销社当了学徒工。刚好无意间就避开了知识青年接受贫下中农再教育的荣幸。城里人突然要去农村当农民，心里总有点不太乐意。有些人看到金京明已经找好了工作，虽然远在山区，但是在供销社，单位好，工作轻松，很多认识他的人看了心里既羡慕又妒忌。金京明这时对同学朋友的议论，只是谦虚地笑笑说："碰巧了，运气好！"

别看只是做了一名卖卖商品的普普通通的营业员，可在那商品极其匮乏的年代，这可是一份让人眼红并十分珍贵的工作。当初在一段时间里，有很多人宁愿坚决拒绝去税务所、派出所工作，也要千方百计设法进供销社。你想想，每天接触到的全是吃的、用的各种商品，有些还是很难见到的稀罕商品，别说别人不能买到的他都能买到，光是看看也比别人饱了许多眼福。左邻右舍向他投去羡慕、称赞的目光，他还是那句话："碰巧了，运气好！"

金京明开始工作的供销社是在离家近二十里的一个偏僻山区人民公社办公楼所在地的小小集镇。所谓的集镇，就是在一条还是20世纪30年代修建成的沙石公路两旁，有着几十间黑瓦泥墙平房，和山坡上被一个小院子裹着的一幢五间二层的人民公社办公大楼。山坡下面公路边的那三间稍大的平房就是供销社，分别为百货、油盐南北货和五金三大部门，再过去几步，一间是摆着三张方桌的小饭店，另两间是旅店，马路对面有一家建筑还像样的房子是邮电局，只有两个工作人员。它旁边稍大的两间平房中间有个弄堂的是粮管所，不过平房的后面建有两个篮球场大小的晒谷场，最后面还有一排粮仓，粮管所与谷仓之间用砖砌起的围墙连接，粮管所面积最大，旁边一间平房隔成两间，分别是理发室和修理农具的修理部，再过去另外几间是供销社食堂和供销社仓库，职工宿舍在供销社的后面。这公路边所有的建筑除邮电局、粮管所外，都属于供销社，整个人民公社的社员和其他生活在这一带的居民几千人的吃、穿、用全都放在这十几间破旧的平房里。有句俗话说"县官不如现管"，管着百姓吃、穿、用的部门，你说，这乡供销社重不重要？

其实人在很多场合中，会很难控制自己心里、嘴里的想法、说法，但金京明心里很清楚，像他这样的人能进供销社工作，已经是天大的幸运，"低调做人，努力工作"，这是他暗暗给自己立下的规矩。他知道大家羡慕称赞的不是他本人，而是这份销售商品的工作，以后要他帮办的事还多着呢！年轻人谁不想风风光光去干一番事业，实现少年时的人生梦想？可他心里明白，自家是个"工商地主"成分的出身，就连个高中都升不上去。像他这类人能找个像样的工作，平平安安地过一辈子已经很不错了。他因不习惯眼前社会那乱糟糟的风气，才闲待在家里。其实他心里早已经打算好了：与其说跟着大家瞎折腾，倒不如趁大家忙得顾不上找工作时，早点找个带劲的工作安定下来。虽不是大智慧，但这是他与朋友们的不同想法。

金京明热爱眼下这份工作，虽说他性格孤僻，做事喜欢独来独往，可山里供销社这个巴掌大的一块地方，二十来个人上班、吃饭、睡觉，大家眼睛鼻子天天时时都挤在一起，你就是想走也走不掉，不想说话也不行。在这个山区供销这几年，没像样的街道，没有朋友，没有电影院、俱乐部、文化馆，他的这种性格正好埋头做事尽量少说话。关门下班后，不是找两个老头儿下下象棋，就是找本书看看。

那时供销社里只有四本厚厚的《毛泽东选集》，他越看越有兴趣，把四本《毛泽东选集》全部看完，还做了笔记，反复研究。当时学"毛选"是上面布置的任务，大家都在学毛主席语录，但像金京明这样认真、如饥似渴地学习《毛泽东选集》的人，确实不多。领导就直接将他学"毛选"的情况反映到上级，系统领导知道后十分重视，派人下来了解情况，金京明认真学习《毛泽东选集》是供销社全体职工不争的事实。找他谈话，他说，毛主席伟大，他写的书也伟大，读了毛主席的书，明白了许多道理，对他帮助很大。金京明说的的的确确是心里话，毫不虚假。他直接被推选到系统学习"毛选"讲座会上作经验介绍。工作不到三年，金京明就被评上县系统学"毛选"积极分子，要不是他家庭成分不好，也有可能会被列入入党考察对象。他内心很高兴，对自己的工作十分满足珍惜。直到改革开放以后，强大的市场经济发展，社会上商品越来越丰富，商品流通渠道形式越来越广，像供销社这种旧的销售模式，已经被挤压得快要喘不过气来。这时，金京明的这种自豪感和优越感才慢慢消失殆尽。

金京明在这个要风有风要雨得雨的供销社里，悠闲幸福地生活了六七年后，父亲已故，母亲年老了，到了他娶妻生子、赡养老人、履行人生义务的时候了。当然，他要在当地找个对象，哪怕是找个美女也不太困难，但总不能上门去当个入赘女婿或者在这个破旧拥挤的集体宿舍里安家，他终于在考虑调回镇上的事了。金京明有丰富的物质资源，有现成的众多人脉，用它去办成一件个人的小事应该够了，他一直闯到县总部，经多方努力，两年以后，他终于以照顾老人的名义被调回到镇供销社。人事调动，这事在当时顺利成功，这确实让金京明的同事、同学、朋友们刮目相看，但金京明仍是低调地说着那句口头禅："碰巧了，运气好！"

金京明在山区公社供销社时就认识一位姑娘，是同一个镇上的下乡知识青年，名字特别又好听，叫韦英子，比他小三岁，英子十八岁下乡时金京明已经在供销社工作两年多了。英子下乡的村子在大山里面，每次回镇上家中都要走近十里山路，到供销社前面马路边汽车停靠站上等班车。一次等车时英子顺便进供销社买东西，碰到金京明就聊了起来，在得知双方是同一镇上并仅隔了两条街时，真是他乡遇知音，双方都高兴得忘怀，等班车开过了才想起回家。那时与现在不能相比，一天就这么上午下午两趟车，天色已晚，回家和回村都得走十几里山路，英子又急又怕，眼泪都流出来了。

金京明心里也着急担心，他想了想就劝英子说："别急，我来想办法。"

他在单位人缘好，特别是领导也看重他，他就直接找到领导说，他认识的知识青年是同学、老乡，今天班车没赶上，回村或回家都太晚了，他想借单位的自行车用用，把她送回家，他自己晚上再赶回单位。

领导笑笑说："没事，你骑去吧，明天上班前赶到也不碍事。"

就这样金京明用自行车将英子送到了家里，自己连夜又赶回了单位。韦英子内心很感激，临别时她轻轻地对金京明说："谢谢你！"

这事以后，英子与金京明的关系也密切起来，有事无事路过这里，她总会进来找京明聊一会儿，京明心里也很想英子过来。这不是明摆着男女青年在恋爱的表现嘛，那年代年轻人不像现在那么开放浪漫，找对象都十分保密，更担心让别人知道，大众之下恋人都不敢漫步同行。英子长得很漂亮，苹果脸，一双明亮的丹凤眼十分神气，精巧的鼻子长得挺直光洁，小嘴唇双角微微上翘。她那么吸引人，男人看了她一眼后，眼睛肯定会跟着她的身子转。金京明知道自己配不上她，就只能暗暗喜欢她，只要是能帮到她的地方，一定会尽全力去帮她。英子十分聪敏，金京明这种心思她哪里会不知道，只是姑娘的心思就是这样，就算喜欢一个人，也不会轻易说出心里的想法。日子还长着呢，她喜欢这样不冷不热、不疏不密默默地相处着。

知道了金京明要调回镇上，英子心情特别复杂，她紧张、焦急又有点担心。这次她坐不住了，回到镇上找到了金京明，表面上是托他买点东西，其实就是想探探他的心思。她知道他工作好、路子多、人脉广，喜欢巴结他的人肯定不少。她必须要弄清楚，自己在金京明的心里到底有多重的分量。金京明这回破天荒与英子谈了很久，双方又怎么会不知道对方的心思？说句实话，都到了这时候啦，如果金京明再不表示一下，以后就错过机会了。那年代小伙子要握住姑娘的手，或姑娘要将头靠在小伙子胸前，都要关系确定了后才敢行动。金京明是个实在人，他不会去握住英子的手，金京明知道当时知识青年回城已经开始松动了，只不过政策严谨，手续复杂，层层把关严格，要想顺利回城也不是件容易事。只到二人最后分手时，金京明才吞吞吐吐地说："英子，你回城的事，我一定会尽全力帮助你的。"

英子听后，内心一阵感动，她知道家里父母兄弟、亲戚能力有限，是没有指望了，她心里唯一的希望就是能得到金京明的帮助，但她又不能明说需要他的帮助，现在金京明终于自己开口了，她激动地说："你能帮我忙，我会终身感激你的。""终身"二字内涵丰富，姑娘一般是不会轻易开口的，金京明能读得懂这二字的含义，听得清这二字的分量，他听了内心激动得很，所以他会竭尽全力去促成这件事。

过了一年，英子终于从山村抽调回到镇上被安排了工作。又过了半年，金京明和韦英子也结婚了。亲戚朋友、左邻右舍，都十分羡慕，甚至也有人是妒忌金京明能找到这么漂亮能干的妻子。"小金，真有本事，这么漂亮能干的姑娘追到手，福气啊！"反正别人见了小金，好话坏话，什么话都有。"碰巧了，运气好，老天照顾！"金京明可不管别人怎么想，或有什么坏心思，他依旧这样慢悠悠地回答。

金京明调回到镇上后的生活，情况完全和在乡村供销社不同。开始还有点不适应，在那边二十几个员工天天工作、吃饭、睡觉都混在一起，这边镇上就有十几家商店，加上周边几个村子的分店，员工就有两百多人，开起会来职工黑压压的一片，领导在上面做报告，坐在下面的员工也叽叽喳喳开小会。平时工作店里就那么几个人，其他商铺都分散在镇上各处，反正大家各卖各的商品，互不搭界。除了八小时工作时间，吃饭、睡觉、休息都是各回各家。店员之间在路上碰到最多是像熟人一样点个头打个招呼而已。但工作上比山村要繁忙得多，相互还得比营业额多少、服务质量好坏，店与店之间、人与人之间，好像都在暗暗攀比、竞争，领导与商店之间，商店负责人与商店店员之间、店员与店员之间关系反而变得复杂紧张起来。不过这样更好，金京明很快就适应了，越疏远越好，他这种我行我素、独来独往的性格在这里更有市场，而且如鱼得水。

金京明结婚后，第二年年底就有了个女儿，可他无所谓，好像没有什么感觉。他从来不会主动去抱抱女儿，逗女儿玩乐，他不适应，也不愿意抱着女儿满街走。好在他母亲十分疼爱孙女儿，从生下来到上幼儿园都是由奶奶管着。金京明的这种性格，也让英子渐渐感到不适，她原来觉得他不爱说话，人老实，热心、肯帮助人，可做了夫妻，天天待在一起生活，金京明的种种表现让她受惊不小。他不做家务，以前家里做家务都是母亲做，生活上比较邋遢，衣着随便，身上穿的衣服常常是你不叫他换不会主动去换，睡觉前不洗脸洗脚，夫妻亲热时，金京明从来不多说半句话，更不会卿卿我我、切切于心！一切的一切，慢慢伤透了一个女人的心，英子总看在过去帮她的情分上，不去过多地追究他，不过在英子的内心深处慢慢有了一种说不出的委屈、怨恨，时时会隐隐作痛。道理，金京明不是不懂，但在对待家庭亲人上，他不会仔细认真地去思考对方的感受，是金京明这种古怪性格给婚姻和家庭埋下了危机。

社会变革最先波及城镇，手捧铁饭碗吃着大锅饭的幸运儿第一次感受到沉重压力。金京明虽性格孤僻，但对时事十分敏感，他意识到社会在改变，自身素质必须提高，就毅然报考了电视大学，三年寒窗苦读，除了工作、吃饭外，他把自己关在小房间里连睡觉也不出来，他很少与外界来往，不要说正常的夫妻生活，就是陪妻儿的时间也少得可怜，常常是早出晚归，回家就躲进小房间，不是发生什么重大事情，他不会轻易开门。让妻子活活守寡了三年，这更增加了英子的怨恨，以前那点本来就少得可怜的念想，也早已经烟消云散，剩下的只有悔恨和厌恶。金京明不是一个大人物，他的这种性格和行为，在一个普通小老百姓家庭里，注定是要付出代价的。

计划经济逐渐被市场经济替代，供销社的生意举步维艰。停职留薪，金京明是第一个走出单位的员工。他利用一些老客户、人际关系，远走他乡，独自奋斗做生意，资金不足，孤掌难鸣，常常是十天半个月回家一趟，生意艰难，勉强维持生计。

英子的女儿三岁时，金京明在单位里分了家属宿舍，他们就搬出去和母亲分开居住。现在金京明在外面跑生意，英子每

平凡人生

天下班接女儿回家，洗衣、做晚饭、家里面搞卫生，她面对的只是女儿。女儿已上学，还要督促辅导她的学习，一天下来累得精疲力竭，她多么需要温暖、安慰、帮助，可它们在哪里？想到眼前这个家，英子心里就充满无边的怨恨，什么鬼丈夫！一年到头人影都见不到，就是在家也形同陌路，难得说上几句话。这种日子怎么过呀？她心里真是后悔极了，晚上常常抱着女儿默默流泪。英子在一家较大的股份公司工作，由于她肯吃苦、业务能力强，就被调到业务部当业务员，做业务也常要出门，碰到路远当天不能赶回，英子就叫女儿的奶奶过来照顾。英子跑业务时常常要带货出门，所以就由公司专职货车驾驶员与她一起送接货物。同吃同住，二人既是工作搭档又是生活伙伴，十分谈得来，时间长了，孤男寡女慢慢就有了感情。驾驶员有时晚上过来偶尔被金京明碰到，他也毫不在意。还是京明母亲悄悄提醒他，叫他留意点，少出门。金京明却一点不在意，"人身自由，随她去好了"。母亲听了只是不停地叹气，她知道担心没用，要发生的事迟早会来，自己年老多病，已经没有能力来制止这种事情发生。

　　金京明对世间的儿女情长本来就淡薄，没有什么感觉，夫妻生活更是随便。他人一点也不笨，只是他从小到大本就不善于去思考这些事。他也看到英子活得的确辛苦，但他没有去体谅关心别人的习惯，他认为事情都是可做可不做的，没有必要搞得这么劳累。比如家里洗衣服、搞卫生，你一天搞几次也行，你一个星期半个月做一次也没人说你不对。小孩子在校读书，每天放学回来你花力气辅导，小孩不见得会优秀；你不管，任他（她）顺其自然，成绩也并不一定会很差。自己读书时就从来没有人辅导过，成绩也是班里前五名。又比如吃饭，你想吃好多吃，就多花点力气多花些钱；你想简单，一碗打鸡蛋就是一天菜。夫妻生活要自愿，双方想过就过，你不愿意也不能强求。人生在世，弄得这么复杂干吗？什么爱情海枯石烂不变心呀，在他看来都是假的，到头来不都是各走各的，总不可能二人手拉手一起告别人世。他的这种观念不要说是放在寻常百姓家庭里，就是放到社会上，绝大多数人也不见得会苟同。但金京明就是这样一个人，他执着地按自己理念走自己的路，丝毫不会被世情所动，他这种思想行为迟早是要为此付出代价。

随着时间推移，英子对丈夫的认识也慢慢发生了变化，从开始的佩服、好感，慢慢产生了埋怨后谅解，后来就成了怨恨、讨厌，最后终于变成决裂。一场开始让人羡慕的婚姻，最后还是半途上就落下了帷幕。离婚虽是妻子出轨背叛，但金京明也有不可推卸的责任。金京明也认真思考过这件事，他觉得自己对妻子家庭是缺少关心照顾，但他努力去工作赚钱不也是为了家庭？人都有自己的思想性格，在家庭里每个成年人都是自由人，为什么夫妻间一定要去顺应对方、按照他或她的理念办事？否则就要背叛会离婚？金京明还没有学会去深思熟虑，不会像一个饱经风霜的汉子，能学会大度、宽容，去正确把握事件的动向。他选择了逃避，坚信强扭的瓜不甜，婚姻自愿，来去自由。离婚已成定局，最后，也不知英子是怎么想的，她带走了属于她的东西，却把心爱的女儿留给了他。

离婚并没有改变金京明，他反而觉得轻松自由了许多，更加无拘无束地过着我行我素、独来独往的生活。朋友对他说："女儿才十三四岁，你要多关心照顾她些！"可他老兄却说：

"自己都管不好了，哪有心思去管她。"不久金京明的母亲也去世了，金京明的女儿像是没人管的孤儿，处境更加艰难，她失去了温暖的母爱，又伤心父亲的冷漠，在她幼小的心灵中对生活充满了迷茫和惧怕！韦英子心疼女儿，女儿思念母亲，于是女儿更坚定地去找她母亲去了。家里最后就剩下金京明一个人，他还是那样生活，没有人牵绊，他更加自由自在。金京明很快就退休了，朋友们都劝他再找一个伴侣，金京明表面强说人生婚姻是多此一举，好笑，都这么大岁数了，还要去找个累赘？其实他心里也知道，像他这样的脾气，谁还会真心实意地来和他一起过日子？所以，凡有朋友熟人对他谈起这些事，他掉头就走，渐渐就没有人再跟他说这类话题。前些年金京明的房屋被拆迁了，可他却千载难逢地碰到了一个烂尾工程，房地产开发商的资格受到质疑、土地使用不规范、资金链断等一系列问题得不到解决，让造了一半的工程一直废弃在原地。金京明本来就对这座城镇无牵挂，也厌倦了世间烦琐庸碌，他向往那种清心寡欲、逍遥自在的生活，就决定找一处离这里很远的偏僻山村定居。他享有国家劳保、医保，有退休金，拆迁租房补贴，经济很稳定，什么都不用愁。他只告诉很少几个朋友，他要离开这里，告别生活了六十多年的城镇，告别这里的一切，同学同事、亲人朋友、如烟往事。他也许不会再回到这座几乎生活了一辈子的城镇，要去过另一种自己想过的生活。至于他人生最后一程的结局怎样，他没有想过，也不愿意去想。

我记得有人曾经说过：人生就如一首悲欢离合的歌，还不等你细细品味，领略它的真谛，就唱完了！

2021 年

后　记

　　这本短篇小说集从 1989 年我发表的第一个短篇《掌声》算起，至今已经三十余年。这三十年来，我虽自称酷爱文学，但终因为工作、环境等各种原因，平时也只是在有限的业余时间里看些文学作品，偶尔也写点短篇小说、报告文学及散文。所以，大半辈子过去了，成绩甚微，深感汗颜！唯一能欣慰的，是自始至终，无论怎样艰难、繁忙，我对文学的钟情始终如一，无怨无悔！

　　我从自己写的一些短篇小说中选了自认为勉强还能拿得出手的十五个短篇凑成集子，记录了改革开放以来社会最基层的小老百姓的生活片段。

　　改革开放以来的社会突变，让广大普通百姓原先的一些观念、行为模式都也跟着社会的变化而发生转变。现实迫使他们不得不重新认真思索生活，跟上时代步伐。在社会改革开放急流中，机遇与挑战并存，有成功的欢乐，也会有失败的伤痛。我们这一代普普通通老百姓，让他们从困惑、彷徨中站了起来，带着新的认识观念，努力去直面生活，书写出各自不同的平凡人生，构成了一个个动人故事。

小说从构思到故事情节安排，从人物塑造、刻画到叙述、描写，都是在改革开放后这个特定的社会环境下形成的，在社会基层的普通百姓的平常生活中展开。小说人物没有过高的口号，没有深邃思想，只是在国家提供的和平稳定的改革开放大环境中，认真去追求各自的梦想，脚踏实地去努力工作、生活，走着平凡真实的人生。

　　小说原先是按写作时间顺序编排，文友牧老师看了后，建议我将故事趣味浓些的作品放几篇在前面，不要拘泥于时间顺序。盛情难却，便将位置随意插乱一下，没有其他意思。本小说集要遵循的原则宗旨是热情赞颂真美善，弘扬社会正能量，推动社会文明健康发展。

　　本书能出版，和文友们的关心帮助是分不开的。在此，对于曾关心和帮助过我的朋友，谨表示衷心感谢！

作者

2022 年 12 月

后
记

163